JANIN

Dès l'âge de vingt ans, Janine Boissard commence sa carrière d'écrivain sous le nom de Janine Oriano, son nom de femme mariée. Avec *B comme Baptiste*, elle est la première femme à publier dans la collection « Série Noire ». En 1977, la grande saga *L'esprit de famille*, publiée cette fois sous son nom de jeune fille, la fait connaître du grand public. Parallèlement elle écrit pour la télévision.

Les chambardements dans la famille, les problèmes de couple et la place de la femme moderne dans le monde du travail sont les thèmes le plus souvent abordés par Janine Boissard dans ses romans. Parmi ses plus grands succès, on retiendra *Une femme en blanc* (1996), suivi de *Marie-Tempête* (1998) et de *La Maison des enfants* (2000).

Mère de quatre enfants, Janine Boissard vient de publier *Histoire d'amour* (Robert Laffont, 2003).

HISTOIRE D'AMOUR

JANINE BOISSARD

HISTOIRE D'AMOUR

ROBERT LAFFONT

JANINE BOISSARD

Merci au professeur Yves Pouliquen, membre de l'Académie Française, qui a redonné la vue, la vie, à tant de patients. Et qui par ses conseils m'a permis d'offrir au héros de ce roman une greffe de cornée.

Merci à Hervé Lamy, artiste lyrique, ami et conseiller musical, sans qui les accents passionnés de *La Traviata* n'auraient pas éclairé l'amour de Claudio et de Laura.

© Éditions Robert Laffont, S.A., Paris, 2003
ISBN 2-266-13925-8

Première partie

Elle

Gardien, la nuit va-t-elle s'achever ?
Deuxième symphonie de Felix Mendelssohn

1.

Nous n'irons plus au bois, les lauriers sont coupés.
La belle que voilà ira les ramasser...

La belle, c'était moi !

J'avais huit ans, de longs cheveux châtains, des cils en corolle sur des yeux verts – mais non, pas verts, « jaunes », se moquait Agathe, ma sœur aînée. Des dents en avant mais on arrangerait ça avec un appareil, un teint mat qui me mettait à l'abri des coups de soleil. Ah ! j'étais bien la fille de mon père, lointain descendant d'Espagnols, type méditerranéen.

Agathe, elle, tenait de maman, fille du Nord, blonde aux yeux bleus, longue et fine comme elle. Pain blanc, pain bis, rigolait tendrement l'entourage en nous voyant l'une près de l'autre. Il faut dire que papa était boulanger.

Nous vivions entre mer et pommiers en Normandie, un village de sept cents âmes multipliées par trois à la saison des touristes car tout proche de Deauville. Avec les tempêtes qui parfois nous volaient un marin, une marée noire, un éboulement de falaise, les amours du facteur, celles de Mme Pointeau pour ses nombreux chats et chiens qui un jour la dévoreraient, on ne s'ennuyait jamais à Villedoye. Tout le monde se connaissait, et la boulangerie n'est-elle pas, pour tout chrétien qui se respecte, le lieu de passage obligé dans une journée ?

J'ai grandi, jalousée par les copines, dans l'odeur chaude de la pâte à pain, à tartes, choux et gougères, jamais privée de bonbons pour l'excellente raison que je ne les regardais plus.

Chaque matin, un car nous emmenait, Agathe et moi, au collège. Puis ce serait le lycée et, si nous poursuivions nos études, l'université à Caen. Maman nous voyait bien institutrices, le métier idéal quand vous avez des enfants, à la fois un travail sûr et, grâce aux horaires et aux vacances, le temps de vous en occuper convenablement.

Certes, la Normandie était un pays de pluie mais nous l'aimions car ça lui allait bien.

J'ai treize ans et c'est l'été. Agathe est partie à la plage avec des amis, moi j'ai préféré lire sur mon lit. À la cuisine, maman papote en compagnie de Jeannette, l'une de mes nombreuses tantes. Elles rient en parlant de ma sœur qui ne sait où donner de la tête avec tous ses amoureux. Des grands qui sont venus la chercher à trois voitures pour l'emmener se baigner à Deauville.

— Et chacun la voulait dans la sienne, tu as vu ? Pour un peu, ils se battaient. En voilà une que tu n'auras pas de mal à caser, remarque ma tante.

— Ce n'est plus nous qui les casons, elles se

débrouillent bien toutes seules, remarque sagement maman.

Je tends l'oreille car le sujet m'intéresse.

— Ça ne fait pas trop de peine à la petite, tout ça ? demande Jeannette plus bas.

La petite, c'est moi. Ainsi nous distingue-t-on. Qu'est-ce qui pourrait faire de la peine à la petite ?

— Penses-tu, répond maman. Elles s'adorent. Et n'oublie pas que Laura est la meilleure à l'école.

C'est vrai. J'y fais des étincelles et c'est Agathe qui devient la petite, et même la minuscule, le jour où nous rapportons nos carnets à signer. D'ailleurs, elle a redoublé. Nous n'avons plus qu'une classe de différence. Moi : « Excellente élève, sérieuse, douée, bravo ! » Elle, des « Pourrait mieux faire » à toutes les lignes, sauf à celle de l'éducation physique car elle aime être en short pour faire admirer son corps. Agathe et le travail, ça fait deux. Elle préfère rêver en roulant autour de son doigt une de ses longues boucles blondes, et, le jour du carnet, c'est à moi de la consoler.

— En effet, approuve Jeannette. Au moins, là, elle brille. D'une certaine façon, ça équilibre. Et puis je n'ai pas dit que Laura était laide, elle n'est pas mal du tout. C'est seulement quand on compare.

Un bruit de chaise violemment repoussée indique qu'il y a de l'orage dans l'air. La voix de maman est pleine de colère lorsqu'elle réplique :

— Mais qu'est-ce que vous avez tous à comparer ? Compare-t-on le lis et la fleur sauvage ? Figure-toi que moi je trouve ça très bien d'avoir deux filles si différentes.

Comparer, jusque-là je n'y avais pas tellement pensé. À treize ans, tout le monde vous le dira, on est en pleine métamorphose, la jeune fille ne fait que s'annoncer, on ne peut juger du résultat final. Ce qui importe à cet âge, c'est d'avoir une bonne ambiance à la maison, une sœur avec laquelle comploter et des amies. J'avais tout ça, et même plus d'amies qu'Agathe, qui faisait volontiers sa pimbêche et ne savait pas garder les secrets.

Quand elle est revenue de la plage et qu'elle a pris sa douche en mettant du sable partout, porte ouverte aux éventuelles admiratrices, j'ai comparé.

Agathe : un mètre soixante-huit, à la fois mince et ronde là où il fallait. Peau blanche, yeux bleus, cheveux toujours plus blonds grâce aux shampooings à la camomille : blé tendre, blé de printemps.

La petite : un mètre cinquante-trois, mais attention, rien n'était perdu, on grandissait jusqu'à ses règles et on pouvait même prendre encore deux centimètres après. Yeux verts éclaboussés de jaune, bronzée torride au premier baiser du soleil. « À croquer », résumait papa en plongeant vers mes joues. Seigle dru, pain bis.

La belle, c'était Agathe.

Mais au fait, la beauté, c'était quoi exactement ? D'où venait la différence ? Aux dires de la famille, j'avais des yeux magnifiques, mon nez était bien droit et ma bouche impeccable depuis l'appareil. Quant à mes cheveux, ils étaient dix fois plus épais que la filasse dorée d'Agathe.

— Ta sœur, elle en jette ! s'était exclamé un jour un copain.

Eh bien, voilà, moi je n'en jetais pas. C'était pour ça qu'à Deauville, lorsque nous arpentions les plan-

ches, les garçons se retournaient sur elle et la sif-
flaient, même si j'étais la plus bronzée et faisais mon
possible pour me faire remarquer. Pour ça que c'était
elle qu'ils voulaient emmener partout, en boîte, au
cinéma, au bowling, au bal, en empruntant la voiture
de leur père pour en jeter en sa compagnie.

Et, finalement, c'était peut-être aussi un peu pour
ça que je préférais lire sur mon lit plutôt que d'assister
à son manège pour se faire payer ses boissons alors
que j'en étais régulièrement de ma poche.

Pas de quoi en faire une pendule ! D'ailleurs, tante
Jeannette l'avait dit, je n'étais pas mal du tout, et
même un peu mieux quand je m'exerçais à sourire
devant la glace et que mes yeux « jaunes » pétillaient.
Et, rien qu'à Villedoye, on en avait de vraiment vilai-
nes : Babeth avec son cul sur les talons, la pauvre
Joséphine-bec-de-lièvre et Irène à qui aucun docteur
n'avait réussi à remettre le regard à l'endroit.

Entrez dans la danse, voyez comme on danse.
Sautez, dansez, embrassez qui vous voudrez.

En attendant, pour le « qui vous voudrez », c'était
plus facile à chanter qu'à faire.

Sans doute est-ce à cause du jour du lis et de la
fleur sauvage que j'ai décidé d'en jeter à ma façon.

Je n'ai pas fait instit, j'ai passé une licence d'anglais
et, à force de préférer lire sur mon lit plutôt que d'aller
parader à la plage, réussi haut la main une autre, de
lettres. Puis, mon bagage en poche, j'ai quitté la mer
et me suis installée à Paris où je travaille dans la musique, et danse avec les grands.

2.

Ce matin-là, en arrivant à l'Agence, j'ai la gueule de bois. Hier, j'ai célébré mes vingt-six ans avec quelques amis. Cela s'est terminé en boîte. Éteindre à trois heures du matin, pas sérieux en pleine semaine, mais une date est une date et j'ai quand même pris quatre centimètres depuis mes treize ans... On ne se lasse pas de fêter ça !

L'Agence, ainsi appelons-nous affectueusement nos deux cents mètres carrés de bureaux près des Champs-Élysées où notre pool d'attachées de presse travaille assidûment à promouvoir des chanteurs que nous espérons tous pleins d'avenir. S'adressent à nous des maisons de disques souvent débordées, et également des musiciens isolés qui estiment que la gloire tarde trop à étendre ses ailes sur leurs têtes. Pour les aider, nous faisons le siège des journaux, radios et télévisions. Nous organisons interviews et conférences de presse, nous planifions leurs déplacements et parfois les accompagnons. J'aime ce travail où l'on oublie de regarder sa montre et où l'on côtoie ces curieuses per-

sonnes qui s'appellent des artistes, souvent caractériel-
les mais rarement inintéressantes, prêtes à mourir pour
être reconnues.

Et puis j'ai toujours aimé la musique, celle qu'on
appelle la « grande » comme la variété, du violoncelle
à l'accordéon. Elle transforme le chagrin en poésie et
parfois le malheur en opéra. On ne peut vivre sans.
Imaginez un monde sans oiseaux ?

Ce lendemain d'anniversaire, je suis donc au téléphone, un peu vaseuse malgré un double café, harce-
lant un journaliste, quand l'assistante du patron frappe
à la vitre de mon bureau et me fait signe qu'il me
demande.

Henri Desjoyaux, fondateur de l'Agence, n'a que
trente-cinq ans, un beau garçon aux dents de loup. Il
tient à ce que nous l'appelions par son prénom, et nous
travaillons à l'américaine, dans la transparence, toutes
portes ouvertes.

Un petit homme se trouve avec lui : la cinquantaine,
costume trois-pièces, épaisse tignasse poivre et sel et
regard foudroyant derrière les verres épais de ses lunettes.

— Laura, je vous présente un grand ami à moi :
David May.

Une main courte et dodue broie mes doigts.

— Appelez-moi David, puisqu'il paraît que vous
allez nous sauver ! déclare le petit homme avec un
accent rocailleux.

Je me tourne vers Henri.

— David est l'agent de Claudio Roman, m'apprend-
il.

Claudio Roman est un ténor aussi célèbre en France
qu'à l'étranger. Nul besoin de faire pour lui le siège

15

des médias, on se l'arrache. La rumeur le dit grand séducteur avec un caractère de cochon. Si je ne me trompe, il n'a pas loin de quarante ans. À part ça, il est aveugle.

— Nous avons un gros pépin, Laura, m'explique l'agent. Claudio se trouve à l'heure actuelle à Auxerre où il doit inaugurer ce soir le festival de la musique en donnant un récital à l'hôtel de ville. Son attachée de presse et guide, Corinne Massé, vient de lui fausser compagnie. Il lui faut quelqu'un d'urgence. Henri a pensé à vous.

À moi ? Moi pour Claudio Roman ? Je reste interdite. Mais il peut avoir qui il veut, quand il veut. On doit se bousculer pour s'occuper de lui. Pourquoi moi ?

— D'après Henri, vous seriez tout à fait celle qu'il lui faut, poursuit David. Discrète, efficace et... disponible.

Je ris.

— Toutes ces qualités, vous les trouverez aisément sur place. Et vous oubliez un détail, je ne connais rien à la musique classique.

— Vous l'appréciez, paraît-il, n'est-ce pas l'essentiel ? Et vous n'aurez pas à vous occuper de la presse, tout a été fait.

Le petit homme soupire.

— Pour vous dire la vérité, après le départ de Corinne Massé, Claudio avait décidé de se débrouiller tout seul, ce qui, vu son état, serait des plus hasardeux. Il n'a accepté de remplaçante qu'à condition que ce soit moi qui la choisisse.

— Mais je ne me suis jamais occupée d'aveugles !

— Il s'en tire très bien pour les petits gestes de la vie. Vous devrez veiller au respect des horaires, l'accompagner ce soir à son concert – des lieder de Mozart –, assister au souper qui suivra au cas où il aurait besoin de quelque chose et le raccompagner jusqu'à sa chambre à la fin des festivités.

— Le border dans son lit ?

À peine ces mots prononcés, je les regrette. Du plus mauvais goût. C'est que tout cela me semble être une farce, et comment se défendre d'une farce autrement que par le rire ?

— Le border sera inutile, répond sèchement l'agent. Mais demain il vous faudra prendre avec lui le train pour Paris, en début d'après-midi. Claudio a souhaité passer la matinée à Auxerre. Vous vous mettrez à sa disposition.

— Et, bien entendu, vous n'aurez pas à revenir à l'Agence, intervient Henri. Vous pourrez vous offrir un grand week-end.

— Et mon travail ?

— Élodie s'en chargera.

Avec une autre attachée de presse – rien que des femmes à l'Agence – nous nous partageons Élodie, une assistante jeune, jolie et enthousiaste, qui a sur moi l'avantage de connaître et d'aimer le rap et la techno.

— Alors, pouvons-nous compter sur vous ? demande David May, avec, me semble-t-il, un peu d'inquiétude.

En donnant mon accord, j'ai une brusque bouffée d'angoisse, comme un avertissement du ciel. Le ciel, en Normandie, on ne regarde que lui et on sent toujours quand la tempête est proche.

Mais déjà David s'installe, dresse une liste de noms et de numéros, note ceux de ses deux téléphones portables, prépare mon planning. Mon train part à quatre heures de la gare de Lyon, un peu moins de deux heures de trajet. J'ai largement le temps de rentrer chez moi pour déjeuner et faire mon sac. Je prendrai un taxi pour aller à la gare et le mettrai sur ma note de frais ainsi que toute autre dépense effectuée à Auxerre.

Henri a disparu. Lorsque l'agent sort de sa poche mon billet de train, j'ai à nouveau envie de rire. Et si j'avais refusé ? Il est vrai qu'une autre, ici même, se serait sans doute précipitée pour prendre soin du maître, une autre plus représentative.

Oui, pourquoi moi ?

Le regard gris m'enveloppe une fois de plus, passe sur mes vêtements : pantalon, pull et mocassins. David May s'éclaircit la gorge.

— Si je puis me permettre, Laura... emportez une tenue plus habillée pour ce soir. Il y aura du beau monde, comme on dit. Et, pardonnez cette question, vous arrive-t-il de porter des talons ?

3.

Des affiches annonçant la fête de la musique étaient placardées partout dans la gare d'Auxerre. Une femme d'une trentaine d'années m'attendait à la sortie, brandissant une pancarte portant mon nom ainsi que celui de Claudio Roman. Je me suis approchée.

— Je suis Laura Vincent.

— Je suis Mme Morin, s'est présentée la femme avec un sourire qui m'a paru soulagé. Bienvenue à Auxerre.

Elle a tenu à me débarrasser de mon sac de voyage, comme si la fonction de guide du grand ténor m'élevait à un rang supérieur. Ainsi, les douillettes premières classes... Je me suis retenue de rire. Oubliée, la minute d'angoisse. Finalement l'aventure m'amusait. Et n'était-ce pas pour ce genre d'imprévu que j'avais choisi le métier d'attachée de presse ?

Plutôt que celui d'instit.

Mme Morin a ouvert la portière de sa voiture.

— Pardonnez-moi si elle n'est pas très propre. J'y transporte mes enfants.

La mienne était une vraie poubelle et je n'y transportais que moi. Je n'attache pas d'importance à ces détails.

— L'hôtel est tout près. Cela vous laissera le temps de vous reposer. Connaissez-vous la ville ?

Je ne connaissais pas Auxerre et très peu mon pays. Mes parents ne sortaient guère de leur Normandie et lorsque j'avais eu quelques sous j'avais préféré me balader à l'étranger.

Avec ses ailes déployées sur les toits colorés, la cathédrale m'a impressionnée. Çà et là, d'autres clochers pointaient entre les taches rousses des arbres.

« Tu vois, c'est comme ça, chez nous : des clochers partout », disait mon père avec fierté.

« Chez nous » voulait dire la France.

L'hôtel donnait sur l'Yonne, certainement l'un des plus huppés du coin : une petite pluie d'étoiles. J'ai remarqué, dans le hall, une affiche comme celles qui m'avaient accueillie à la gare, et une autre, de même taille, annonçant le récital de Claudio Roman à l'hôtel de ville : ce soir même, jeudi 6 octobre, vingt heures trente. La raison de ma présence ici.

Mme Morin m'a conduite jusqu'au long comptoir derrière lequel s'affairaient plusieurs personnes.

— Voici Mlle Vincent, qui remplace Mlle Massé, m'a-t-elle présentée.

Un homme s'est avancé avec empressement.

— Nous vous attendions, mademoiselle. J'espère que vous avez fait bon voyage. M. Roman est rentré il y a peu de sa répétition à l'hôtel de ville. Il a demandé qu'on lui monte une citronnade avec de la glace à dix-neuf heures. Si vous voulez bien, elle sera livrée dans votre chambre, qui communique avec la sienne. M. Roman souhaite qu'on ne lui passe aucun appel. Désirez-vous qu'on vous les transmette ou préférez-vous que nous en gardions la liste ici ?

— Gardez la liste. Je verrai ça plus tard avec lui.

— À votre disposition.

L'homme était, lui aussi, visiblement soulagé de me voir arriver. Le chanteur était-il si redoutable que ça ?

Il a remis une clé à un jeune homme qui s'est aussitôt emparé de mon sac. Jamais celui-ci n'avait connu tant d'honneurs. Mme Morin m'a tendu la main.

— Ce ne sera pas moi qui viendrai vous chercher tout à l'heure, m'a-t-elle avertie avec regret. M. le maire et Mme Picot, l'organisatrice du concert, vous attendront dans le hall à vingt heures. Nous nous reverrons sans doute au souper.

Un gros bouquet de roses m'attendait dans ma chambre. Celle-ci était si vaste qu'il y aurait tenu trois bureaux comme celui que j'occupais à l'Agence et la totalité de mon studio, près du Sacré-Cœur, à Paris. Tentures, tableaux, appliques dorées, doubles rideaux, meubles de style, moquette chamois : une chambre majestueuse où le poste de télévision détonnait.

Tant de luxe m'a oppressée. Je suis allée ouvrir l'une des deux hautes fenêtres pour revenir à la réalité. Elles donnaient sur une cour aux murs de pierre tapissés de vigne vierge grenat. Le soir s'annonçait, caressé par une brise tiède qui a soulevé le voilage. Cela sentait l'automne, ma saison préférée, celle de l'enfouissement, des volets tôt fermés et de la lecture sous la lampe.

Agathe, elle, n'aimait que le soleil, la lumière vive, se dénuder sur la plage. Elle m'avait appelée la veille pour me souhaiter un bon anniversaire. Finalement, la « grande » non plus n'avait pas fait instit, elle avait épousé un avocat à Deauville et élevait leurs deux enfants.

Mes parents eux aussi m'avaient appelée. « Quand viens-tu nous voir ? » avait demandé maman, comme d'habitude. À la fois le métier que j'avais choisi les impressionnait et les inquiétait : était-ce un « bon » métier ?

Je suis revenue dans la chambre et me suis arrêtée devant la porte communiquant avec celle de Claudio Roman. J'ai tendu l'oreille : aucun bruit. Dix-huit heures trente. Qu'étais-je censée faire ? Aller tout de suite me présenter ?

« Il a demandé qu'on ne lui passe aucun appel. »

J'attendrais la citronnade.

De mon sac, j'ai sorti ma tenue habillée et l'ai étendue sur mon lit : jupe noire, corsage de soie blanche, boléro bleu roi. Mon mètre cinquante-huit m'interdisait une trop grande fantaisie, cependant, j'étais devenue mince. « Mais qu'est-ce qui m'a donné une allumette pareille ? » se désolait papa, qui ne trouvait plus guère à se régaler sur mes joues.

La salle de bains était à la hauteur de la chambre : marbre rose et robinetterie dorée. Dans un petit panier près des lavabos jumeaux, une profusion de produits étaient offerts : huiles pour le bain et le corps, savons, shampooings, bonnet, limes à ongles. Derrière la boîte de mouchoirs en papier, une lime avait été oubliée. Par Corinne Massé ? Hier, elle avait accompagné le chanteur dans sa tournée des médias, elle avait donc occupé cette chambre, utilisé cette salle de bains jusqu'à ce matin.

« Elle lui a brusquement faussé compagnie », avait dit David May sans autre explication.

Que s'était-il passé pour qu'elle abandonne le ténor

22

le jour même de son concert ? Et pour qu'à la réception de l'hôtel on soit si visiblement soulagé de me voir arriver ?

J'ai jeté la lime dans la corbeille blanche, je me suis lavé les mains et j'ai brossé mes cheveux ; je les porte mi-longs. Dans le miroir, la fille « pas mal » m'a souri et son visage s'est éclairé. Allons, ma courte nuit n'y avait pas laissé trop de dégâts ! Et, de toute façon, je n'avais pas à m'en faire pour ça : Claudio Roman ne verrait pas ce visage. C'est par ma voix qu'il ferait connaissance avec moi.

Dommage, certains disaient qu'elle était cassée.

Une sonnerie mélodieuse s'est égrenée à ma porte. C'était le même jeune homme qui avait monté mon sac. Il a posé sur une table un plateau avec le verre de citronnade et un seau à glace. J'ai signé la fiche. « Bonne chance », a-t-il soufflé avant de s'éclipser.

Sept heures ! Cette fois, il me fallait y aller.

J'ai pris le plateau et frappé à la porte communicante, sans résultat. Et si le chanteur s'était endormi ? Devais-je entrer et le réveiller au risque de me faire engueuler ? « Il avait décidé de ne pas prendre de remplaçante », avait dit David. Une chose certaine : je ne serais pas la bienvenue.

J'ai tourné la poignée.

La pièce était plongée dans la pénombre, aucune lampe allumée. Par les deux fenêtres larges ouvertes, une odeur de pierre et de vigne vierge montait. On entendait au loin le grondement sourd de la circulation. J'ai avancé de quelques pas.

Claudio Roman était étendu sur son lit, totalement immobile : un gisant. Je ne voyais de lui qu'une forme dans une ample robe de chambre de velours sombre :

grenat ? Son avant-bras était passé sur son visage comme pour le protéger.

Non loin du lit, sur un cintre, l'habit qu'il porterait ce soir et une chemise blanche pliée sur une chaise.

« Il se débrouille très bien pour les gestes du quotidien », m'avait indiqué David.

Embarrassée par mon plateau, je me suis approchée un peu plus, craignant de le surprendre, de lui faire peur.

— Alors, tu es Laura ? a-t-il demandé.

Je me suis figée, respiration coupée. Cette voix !

— Tu peux allumer, si tu veux.

J'ai fait demi-tour, posé le plateau et je suis allée appuyer sur l'interrupteur, près de la porte. Le lustre à pendeloques, les appliques, les lampes sur les tables de nuit, tout s'est éclairé en même temps.

Mon cœur s'est emballé.

Claudio Roman avait dégagé son visage. Redressé sur un coude, il me regardait. Non, je ne pouvais croire qu'il ne me voyait pas !

Avec ses cheveux bruns épais, son court collier de barbe, ses lèvres pleines et ses yeux sombres posés sur moi, plantés en moi, il était beau. Beau et sauvage, beau et blessé.

— Eh bien, qu'attends-tu ? a-t-il demandé d'une voix ironique. Approche !

Il a tendu la main. Soudain, j'ai eu envie de faire demi-tour, de fuir, de me cacher, loin. Jamais je n'aurais dû accepter cette tâche : trop petite, trop fragile pour être à la hauteur.

Je suis venue jusqu'au lit.

— N'as-tu rien à me dire ?

— Si, monsieur. Il est sept heures, je vous apporte

votre citronnade. Nous sommes attendus dans le hall à huit heures.

Ma voix était un vrai désastre, rauque, tremblante. Il a eu un bref sourire.

— Je te remercie d'être venue t'occuper d'un malheureux aveugle. Il paraît que tu as vingt-cinq ans. J'espère n'avoir pas trop perturbé tes projets pour la soirée.

— Ma soirée a eu lieu hier, pour fêter mes vingt-six ans.

À nouveau, il a souri et il a tapoté le bord de son lit, un lit encore plus vaste que celui de ma chambre.

— Viens là. Assieds-toi, a-t-il ordonné.

Je me suis assise à la place qu'il me désignait. Dans ses yeux, on distinguait la couleur de l'iris, j'osais à peine le regarder, il me semblait être une voleuse, une intruse.

Il a tendu la main vers mes cheveux, les a brièvement caressés, en a évalué la longueur.

— Couleur ?

— Châtains.

— Châtain clair ? foncé ?

— Moyen.

Ses doigts sont descendus sur mon visage, ils en ont fait délicatement le tour. Je retenais mon souffle. C'était comme s'il s'emparait de moi, annihilait ma volonté, je ne pouvais rien faire. Il a effleuré mes lèvres, mon nez. J'ai fermé les yeux. Ses doigts s'y sont arrêtés.

— Tes yeux ?

— Verts.

La main m'a quittée. Il s'est penché sur moi et il m'a respirée.

— Tu ne te parfumes jamais, Laura ?

— Parfois. C'est rare.

— Ton petit ami n'aime pas ça ?

Je n'ai pas répondu.

Comme il se redressait davantage, sa robe de chambre s'est entrouverte sur sa poitrine nue, parsemée de poils sombres, et une odeur chaude est montée. Je me suis tournée de l'autre côté.

— Sais-tu qu'un des lieder que je vais chanter ce soir s'appelle *Laura* ? *Sentiment du soir pour Laura...* Qu'en penses-tu ?

— Je ne peux pas vous répondre. Je ne l'ai jamais entendu.

Cette voix désarmée, presque plaintive, était-elle bien la mienne ? D'ordinaire, je ris lorsqu'on me met dans l'embarras. Une défense acquise de longue date. Il me semblait que je ne m'appartenais plus. Tout ce que j'avais vécu jusque-là, ce que j'avais appris à être, ce qu'il me semblait être, était anéanti.

Et comment rire devant cette force et cette beauté, cette douleur, cette colère que je sentais près d'exploser à quelques centimètres de mon cœur ?

Ce géant prisonnier.

— Ne m'as-tu pas parlé de citronnade ? a-t-il demandé d'une voix ironique. Pose-la sur la table de nuit, s'il te plaît. Et reviens me prendre à huit heures. Je serai prêt. Il est dangereux de faire attendre les fauves.

4.

Plusieurs centaines de personnes se pressaient dans le grand salon de l'hôtel de ville, hommes en costume sombre, femmes en robe ou tailleur. On remarquait quelques étoles de fourrure : David May m'avait sagement conseillée.

Eh oui ! Il m'arrivait de porter des talons.

Sur les chaises dorées à coussins de velours rouge, chacun avait trouvé un livret avec la traduction des lieder que Claudio Roman interpréterait en allemand. J'étais placée au premier rang, sur le côté, tout près de l'estrade.

Discrètement guidé par la pianiste, le chanteur venait d'apparaître. Il portait son habit, chemise et nœud papillon blancs, pas de lunettes, le visage livré. Le public s'était levé pour l'applaudir avec, m'avait-il semblé, une sorte de gravité mêlée de ferveur et j'avais ressenti à nouveau cette sorte d'arrêt brutal et l'impression d'être dépossédée de moi.

En longue robe noire simplement éclairée par un

collier de perles, Claire Lelong, son accompagnatrice habituelle au piano, était une jolie jeune femme brune. Comme lui, elle était arrivée la veille afin de pouvoir répéter.

Claudio Roman se tenait à présent près de l'instrument aux reflets moirés, face à l'assaut de regards qu'il ne pouvait rencontrer.

Un géant prisonnier, avais-je pensé.

Grand, les épaules larges, la poitrine bombée, il donnait en effet une impression de puissance tandis que sur son visage tendu vers l'assistance on lisait un défi. « Je ne vous vois pas, mais vous allez voir ! »

Un défi lancé aux fauves ?

Le silence s'est fait, le récital a commencé.

Je n'avais pas osé avouer à David May que je ne connaissais pas la voix du grand ténor. La découvrant ce soir, à la fois sombre et colorée, ombre et lumière, je me suis dit qu'il n'était pas d'instrument plus parfait, plus émouvant que deux cordes vocales en contact direct avec l'âme.

Ô solitude, avec quelle douceur
tu sais me répondre.

Il a chanté l'apaisement.

Le long de mon chemin, ce serait les yeux en pleurs,
que je regarderais les horizons lointains.

Il a chanté la blessure.

J'ai vu clair en moi.

Ce brusque coup d'arrêt dans ma vie, cette impression de me perdre, ce vertige... et aussi, dans sa cham-

28

bre, cette faiblesse tandis qu'il explorait mon visage, voici que sa voix, tantôt tendre et ardente, tantôt douleur et révolte, me les faisait comprendre.

J'allais aimer cet homme. Je l'aimais déjà.

Riez.

Un amour de midinette pour la star. L'obscure petite provinciale et l'homme comblé, beau, riche, toutes les femmes à ses pieds. Mieux : l'homme blessé ! et voici que l'innocente jeune fille trouve le chemin de son cœur...

Du pur Delly !

Et j'étais spécialiste en la matière car ma mère collectionnait ses livres sur les étagères de la salle à manger. Je les avais tous dévorés avant de passer à plus sérieux.

Eh bien, non ! Ça ne collait pas pour Delly. L'élément essentiel manquait au conte de fées : l'héroïne n'était pas belle, tout juste « pas mal ». Et elle n'était pas vierge non plus. Sans pour autant s'être donnée à n'importe qui, elle avait connu quelques hommes, suffisamment pour se méfier du coup de foudre qui s'éteint dans les larmes et parfois la guerre. Assez pour savoir qu'amour rime rarement avec toujours et avoir choisi de vivre sans « petit ami » attitré, préférant la morsure de la solitude à la douleur d'une déception supplémentaire.

Et pourtant !

Regardant cet homme dont hier encore je ne connaissais que ce qu'en disait la rumeur, avec qui il y a un instant je n'avais pas été fichue d'aligner trois mots, cet homme public, cet aveugle, une certitude m'a emplie.

C'était lui.

C'était lui et ce ne serait jamais moi pour lui, je le savais, je m'en foutais.

Alors quoi ? Qui ? Une sorte de dieu à admirer en secret, en silence ? Un modèle, un but, un idéal ? Vous m'en donnerez des modèles comme ça : coureur, indélicat, sale caractère.

Sans doute suis-je tombée amoureuse d'une voix et de celui qui l'abritait. Une voix de tempête et de vent léger, de vague brisée sur les rochers, de mer étale, d'accalmie, de révolte. La voix d'un homme qui exprimait comme nulle autre la beauté du monde, sa cruauté et notre solitude.

Il a chanté *Laura*.

De ton regard empli de chaleur
penche-toi vers moi et regarde-moi doucement.

Le souper qui a suivi le concert avait lieu sur place. Claudio présidait la table d'honneur entre deux jolies femmes – blé mûr, blé doré – qui lui faisaient la cour. Il mangeait avec des gestes lents, incertains, et cela m'a serré le cœur. Les notables qui l'entouraient étaient suspendus à ses lèvres. Il riait fort et buvait sec.

« À la fois, il vous faudra ne pas le perdre de vue et vous montrer discrète », m'avait recommandé David May.

La table où l'on m'avait placée était proche de la sienne et nous étions nombreux à ne pas le quitter des yeux.

— Vous accompagnez souvent le maître dans ses déplacements ? m'a demandé ma voisine, une femme d'une cinquantaine d'années, superbement vêtue et coiffée pour l'occasion et qui semblait connaître par cœur le répertoire du ténor.

— C'est la première fois, ai-je répondu. En fait, je remplace son attachée de presse habituelle.

— Ah bon !

Elle ne cherchait même pas à cacher sa déception ; je n'étais pas proche du « maître », je n'aurais aucune révélation croustillante à lui faire dont, demain, elle pourrait se prévaloir auprès de ses amies.

Les mains de Claudio étaient passées sur mes cheveux.

« Couleur ? »

Ses doigts avaient effleuré ma bouche, mon nez, mes yeux.

Il était plus d'une heure lorsque je l'ai précédé dans sa chambre. Le plateau de la citronnade avait été enlevé. Sur le lit refait, près des oreillers, un pyjama était déployé. On avait fermé les rideaux.

J'ai suspendu son manteau dans la penderie. Il semblait fatigué, comme éteint. Dans la voiture qui nous avait ramenés, il n'avait pas prononcé un seul mot.

Il a levé son visage et tourné sur lui-même en prenant une longue inspiration.

— Peux-tu ouvrir les rideaux, Laura ? Une des fenêtres aussi. Il a touché sa gorge : L'entrouvrir seulement.

La cour était chichement éclairée et, quand j'ai entrebâillé la fenêtre, des odeurs sont montées, grises, étouffées par la nuit. Voilà qu'il me semblait les respirer à travers lui.

— Avez-vous besoin d'autre chose, monsieur ?

Sa main a tâtonné dans l'air à ma recherche. Je me suis approchée. Elle a saisi mon épaule.

— Qu'as-tu pensé de *Laura*, dis-moi ? Que t'a raconté ma voix ce soir ?

La réponse est venue comme à mon insu.

— Elle m'a appris à mieux voir les couleurs de la vie.

5.

« Alors ? »

Le grand mot, lancé par chacune, lundi matin lorsque je suis revenue à l'Agence. Toutes les filles autour de moi, moi la reine par procuration.

Alors comment était Claudio Roman ? Aussi beau, rude, talentueux, imprévisible qu'on le disait ? Et ses yeux ? Comment étaient ses yeux ? Quelqu'un qui ne l'aurait pas connu, qui n'aurait pas su, aurait-il pu deviner qu'il avait perdu la vue ?

Et avec toi, Laura, comment s'est-il comporté ? Gentil ? Séducteur ? Ou tout simplement froid, indifférent ?

Je ne leur ai donné en pâture que le lied de Mozart portant mon nom. Ça, ce n'était pas trahir et elles ont été enchantées : *so romantic !*

J'avais relu le lied et y avais trouvé ces paroles.

Le rideau tombe.
Pour nous la pièce est finie.

La pièce était-elle finie pour Claudio et moi ? Il me resterait sa voix. Et quelques mots prononcés à l'intention exclusive de la « petite Laura ».

À son arrivée, Henri Desjoyaux lui-même a fait halte dans mon bureau.

— David m'a dit que tout s'était bien passé. Bravo, Laura. Je n'en doutais pas.

Il m'a souri malicieusement :

— Il paraît que vous avez fait l'école buissonnière, tous les deux ?

Samedi matin, Claudio m'avait demandé de l'accompagner en ville. Le temps était doux et ensoleillé, notre train ne partait qu'à trois heures et quart.

Dans le hall de l'hôtel, plusieurs personnes étaient venues se mettre à la disposition du chanteur. Il les avait écartées d'un geste.

— Laura est là pour me guider.

On lui avait proposé de déjeuner dans un bon restaurant de la ville : l'heure de son choix, une table isolée, un service rapide et seulement quelques admirateurs triés sur le volet.

— J'ai déjà un engagement, merci.

Le ton était sans appel et les gens n'avaient pas osé insister mais leur déception était visible. J'aurais voulu m'excuser pour Claudio. Il avait quand même accepté qu'une voiture vienne nous chercher à l'hôtel pour nous conduire au train.

— Nous voilà bien débarrassés, a-t-il dit avec satisfaction lorsque nous nous sommes retrouvés à l'extérieur.

Et j'ai compris l'un des aspects de mon rôle : être l'excuse qui aidait la vedette à fuir sa cour.

Il y avait du soleil, il a sorti de sa poche des lunettes à verres teintés, les lunettes de tout le monde, et il les a ajustées sur son nez. Il portait un pantalon de velours, un pull et un blouson ; cela le rajeunissait.

— Je suppose que tu n'as jamais guidé de « non-voyant », comme on dit, a-t-il articulé d'une voix railleuse, comme la veille pour le « pauvre aveugle ». Il suffira que tu éclaircisses les forêts, détournes les fleuves et terrasses les assassins.

Il a pris mon bras, lui un mètre quatre-vingt-cinq, moi, un mètre cinquante-sept. Je me sentais comme une enfant à qui l'on a confié une tâche trop lourde. Il m'a bien fallu lui avouer que je ne connaissais pas la ville.

— Alors c'est moi qui vais te la présenter.

Enfant, il était venu plusieurs fois à Auxerre avec ses parents qui y avaient de bons amis. Ce que je devais savoir pour commencer c'est que Cadet Rousselle en était le plus beau fleuron.

Il m'a fait découvrir sa maison, au pied de la vieille horloge, puis la fontaine avec la statue de l'huissier en habit rouge et vert et la statue, elle, plus modeste, de Marie Noël, le poète.

— Elle chantait avec sa plume.

Nous avons longé ensuite des rues étroites, presque des chemins, entre des murs dévorés de verdure derrière lesquels de secrètes demeures échangeaient l'haleine parfumée de leurs proches jardins.

C'étaient bien les odeurs qu'il cherchait. Il marchait, le nez levé, les narines palpitantes, et je ne savais jamais s'il respirait ou soupirait, si la promenade le rendait heureux ou triste.

— Raconte ce que tu vois, petite Laura.

Je choisissais le plus parlant : cette femme qui étendait un drap sur la pelouse – maman disait que l'herbe rendait le blanc plus blanc –, ce groupe d'enfants à vélo, avec un plus petit qui peinait à les suivre, un couple de touristes, bien entendu japonais, qui se prenait mutuellement en photo. Et le drap, le vélo, l'appareil photo, je les regardais pour la première fois parce que Claudio Roman ne pouvait les voir.

À midi, en bonne attachée de presse, je lui ai rappelé son engagement pour le déjeuner. Pouvait-il m'indiquer le lieu du rendez-vous afin que je l'y accompagne ?

— Conduis-moi plutôt à une boulangerie, a-t-il répondu avec un sourire.

Il y avait la queue dans la boutique. Des gens l'ont reconnu et se sont écartés pour nous laisser passer. Il a choisi des pains au lait, au chocolat et aux raisins.

— Ça te va, petite Laura ?

J'en ai profité pour lui apprendre que j'étais fille de boulanger et exigente en la matière. Il a ri.

— Le pain et la musique : les deux nourritures indispensables à la vie.

Les clients ont applaudi.

Il m'avait demandé également d'acheter des boissons, une bière pour lui. J'ai choisi pour moi un jus de fruits.

— Pas très loin de l'hôtel, il y a un parc. Allons-y.

Il s'appelait le parc de l'Arbre sec. Nous n'étions pas les seuls à y faire halte pour pique-niquer. J'avais choisi un banc dans un coin qui m'avait paru moins fréquenté que les autres. Des odeurs de feuillage et de terre montaient, pâles, comme décolorées par l'automne. Claudio Roman tendait l'oreille vers le chant des oiseaux, s'efforçant de me les nommer.

— Chaque chant a sa couleur, chaque voix aussi. La tienne est miel sauvage.

Le lis et la fleur sauvage ?

L'incident s'est produit la dînette terminée. Les yeux fermés, Claudio offrait son visage au soleil. Il avait retiré ses lunettes et je ne pouvais m'empêcher de le regarder, avec un sentiment de crainte comme s'il allait ouvrir les yeux et me reprocher mon indiscrétion.

Son très léger collier de barbe lui allait à merveille – d'habitude, je n'aime pas la barbe. Ses lèvres étaient pleines et paraissaient plus roses dans ce brun. Ses sourcils étaient fins et bien dessinés. Et, dans sa poitrine, cette voix : tout le bonheur et la douleur du monde. Bien sûr, toutes les femmes devaient s'éprendre de lui.

Un promeneur s'était engagé dans l'allée. Il s'est immobilisé quelques secondes puis il a foncé droit sur Claudio et sa voix n'était pas miel.

— Monsieur Roman, c'est bien vous, n'est-ce pas ?

Le chanteur a sursauté. Il a bondi sur ses pieds. Il dominait l'intrus d'une bonne tête.

— Allez-vous-en, monsieur. Foutez le camp.

Le pauvre homme ne s'est pas fait prier. Il s'est retourné plusieurs fois. J'avais honte. Claudio était resté debout. Il a remis ses lunettes.

— C'est du viol, a-t-il grondé. Du viol pur et simple. Pourquoi l'as-tu laissé approcher ?

Je n'avais rien vu venir.

La guide, l'excuse, devais-je être aussi le rempart ? « Il suffira que tu terrasses les assassins. »

— Allez, on rentre à l'hôtel.

Une école buissonnière qui ne s'était pas bien terminée.

Corinne Massé m'a appelée à l'Agence en fin de matinée. Lorsqu'elle s'est présentée, il m'a fallu quelques secondes pour réaliser qui elle était. David May lui avait donc appris qui l'avait remplacée ?

— Alors, comment cela s'est-il passé ? a-t-elle demandé.

La question, abrupte, m'a surprise.

— Plutôt bien, je crois.

— Il vous a parlé de moi ? Il s'est plaint ?

— Pas du tout.

Elle s'est tue et j'ai compris que ma réponse l'avait blessée. Mais je n'avais dit que la vérité : pas une seule fois Claudio ne l'avait évoquée.

J'ai revu la lime à ongles oubliée dans la salle de bains de l'hôtel où j'avais pris sa place.

— J'aurai tenu deux ans, deux ans jour et nuit, a-t-elle repris d'une voix sourde, où l'on sentait les larmes et la colère.

« Elle lui a brusquement faussé compagnie. »

— Vous savez, ai-je dit, je n'étais là que pour vous remplacer. Il avait besoin de quelqu'un. Je suis sûre que vous travaillerez de nouveau pour lui.

— Plus jamais ! a-t-elle crié. Pour tout l'or du monde, plus jamais. Vous verrez, c'est un monstre.

6.

David May m'a appelée mercredi matin à l'Agence.
Cette fois, Claudio Roman avait un concert à l'opéra
de Nice samedi soir. De nombreux rendez-vous avec
la presse, plusieurs télévisions locales, France 3, bien
entendu, l'obligeraient à être sur place durant presque
trois jours. Accepterais-je de descendre avec lui ?
Henri était d'accord.

— Pardonnez-moi de vous prendre à nouveau de
court, Laura. Sans doute avez-vous d'autres engagements mais il vous a demandée.

En dehors du travail courant, je devais accompagner, vendredi après-midi, un jeune chanteur à une
importante émission de radio à l'occasion de la sortie
de son premier album. On peut avoir une jolie voix et
ne pas savoir parler. J'avais promis de lui tenir la
main. Samedi soir, un cinéma suivi d'un restaurant
était prévu avec des amis.

Claudio m'avait demandée.

— Si vous étiez d'accord, il vous faudrait prendre

l'avion vendredi à neuf heures quinze à Orly. Retour dimanche après-midi.

Un tel déplacement, très médiatisé, se prépare long-temps à l'avance. Les places d'avion avaient dû être réservées aux noms de Claudio Roman et Corinne Massé.

— Pourrions-nous nous voir, David ? En tête-à-tête si possible.

Aucune envie de la présence d'un patron qui dis-posait de moi sans me consulter.

— Déjeunons ensemble, voulez-vous ? a proposé l'agent. Je passerai vous prendre à treize heures. D'ail-leurs, j'ai un cadeau pour vous.

Le cadeau était une collection de CD de Claudio, plus une cassette vidéo de la deuxième symphonie de Mendelssohn dont il serait l'un des principaux inter-prètes à Nice. Je connaissais très mal Mendelssohn.

Emmener des artistes au restaurant fait partie de mon travail d'attachée de presse. J'ai une liste de bis-trots français et étrangers où je pioche selon les goûts de mon invité. Ce sont plutôt des chanteurs débutants qui me sont confiés. Les confirmés sont pris en main par des attachées plus... représentatives, et conviés dans des endroits plus sélects. Quant aux vedettes, c'est Mathilde qui s'en occupe.

Mathilde, quarante-cinq ans, est la plus expérimen-tée du pool, une belle femme solide et décidée qu'on a parfois envie d'appeler « maman ». Vous lui confie-riez Luciano Pavarotti, elle répondrait : « Parfait », ferait ce qu'il faudrait, si nécessaire au bout du monde, et, sa mission terminée, le maître lui baiserait les mains avec reconnaissance.

Franchissant à la suite de David May la double porte vitrée du restaurant haut de gamme sur les

Champs-Élysées, j'étais plutôt dans mes petits souliers (à talons plats), avec mon jean et mon T-shirt, sans compter la lourde besace contenant mes trésors à l'épaule. En m'habillant ce matin, je n'avais pas prévu l'invitation.

David, lui, était impeccablement vêtu, comme lors de notre première rencontre. Seule consolation, il n'était guère plus haut que moi.

— On vous a gardé votre table, monsieur May.

Il nous a fallu traverser toute la salle à manger pour y parvenir, une table ronde donnant sur un parterre de fleurs. Au loin, on voyait défiler un ruban de voitures et on se sentait sur une île.

— Souhaiterez-vous prendre un apéritif ?

Nous avons préféré commander tout de suite le vin blanc qui accompagnerait nos plateaux de fruits de mer. En bonne Normande, je ne me lasserai jamais d'embruns, de grandes et petites marées, de rochers crépitants à travers une dégustation de moules, crevettes, langoustines, tourteaux ou araignées. Je ne tiens pas aux huîtres. Agathe m'a trop répété qu'elles battaient des cils sous le jet de citron. Et, côté battements de cils, la belle s'y connaît.

Le vin blanc servi, David a levé son verre.

— À vos succès, Laura.

À nouveau, son regard m'a frappée. Il rendait séduisant cet homme franchement laid, un regard qui avait beaucoup bourlingué et pouvait tout comprendre. Henri m'en avait parlé comme d'un agent connu et redouté. Et voici que c'était lui le demandeur et moi qui réservais ma réponse.

— Que s'est-il passé entre Claudio Roman et Corinne Massé ? ai-je attaqué.

Il a froncé les sourcils. Cela se faisait-il d'abord

les sujets délicats avant même d'avoir commencé le repas ? Mais, ce repas, je ne pourrais en profiter que la situation éclaircie. Depuis lundi, la voix douloureuse de l'attachée de presse me hantait : « C'est un monstre, vous verrez. »

— Et, s'il vous plaît, David, pas de salades, ai-je ajouté.

Là, il a eu comme un sourire. Les « salades », un agent devait avoir l'habitude d'en servir.

— Eh bien, allons-y, s'est-il décidé. Corinne Massé a eu le tort de succomber au charme de Claudio. Je l'avais pourtant mise en garde. Il est très entreprenant. Puisque vous ne voulez pas de salades, Laura, sachez que séduire les femmes, le plus de femmes possible, est pour notre ténor un moyen de se rassurer.

— Corinne était-elle jolie ?

La question m'avait échappé, stupide, inadaptée. Que Corinne Massé soit jolie ou non, qu'est-ce que cela changeait puisque Claudio ne pouvait la voir ?

Avait-il touché ses cheveux ? Fait du doigt le tour de son visage, respiré son parfum ? Portait-elle du parfum, elle ?

— Très jolie, cultivée et musicienne, a répondu David May sans s'étonner. Pour toutes ces raisons, j'avais pensé qu'elle conviendrait parfaitement. Je me suis trompé. Elle s'est fait des idées. C'est Claudio qui l'a virée samedi dernier après une nuit... agitée.

— Et voilà pourquoi vous m'avez choisie : le contraire !

J'avais enfin la réponse à ma lancinante interrogation : pourquoi moi ? Ni très jolie, ni cultivée, ni experte en musique classique. Aucun risque que je me fasse des idées.

David a ri.

— Disons que j'ai demandé à Henri de me trouver quelqu'un de plus modeste. Si vous voulez le fond de ma pensée, Claudio n'a pas besoin d'une conquête de plus mais plutôt d'une sorte de sœur... Une petite sœur qui s'est montrée très efficace à Auxerre, a-t-il ajouté.

J'ai ri à mon tour.

— Vous devriez lui dire que je suis laide ! Ça réglerait tout à fait le problème.

Il a secoué la tête.

— Certainement pas. Claudio saurait que je lui mens. Vous avez beaucoup de charme, Laura. Cela n'a pu lui échapper. Depuis son accident, il a développé un sixième sens qui lui permet de lire bien des choses dans la voix. Et parfois les paroles.

Un serveur, accompagné par le maître d'hôtel, a posé le plateau de fruits de mer au centre de la table. L'odeur des algues m'a ramenée chez moi. Je suis redevenue enfant, j'ai marché au ras de la vague, pleine de la volonté farouche de « faire ». Quoi ? Je ne le savais pas encore. Faire « autrement ». C'est tout. J'ai entendu le rire moqueur des mouettes.

Nous nous sommes servis : pain bis, citron.

— Vous avez parlé d'accident, David. Comment Claudio a-t-il perdu la vue ?

L'agent portait une huître à sa bouche. Il a interrompu son geste.

— Vous ne le saviez pas ? Il est vrai que le sujet est tabou. Aucun journaliste ne se risquerait à l'évoquer. Si je vous dis ce qui est arrivé, il faudra me promettre de ne pas le répéter à Claudio.

— Je vous promets de ne jamais lui dire que c'est vous qui m'avez mise au courant.

— Vous alors !

À nouveau, le regard de David s'étonnait.

— Têtue, en plus ! On ne le dirait pas en vous voyant.

— C'est justement parce qu'on ne le dirait pas que je le suis devenue. Mais je préfère « obstinée ».

C'était grâce à cette qualité, ou à ce défaut, que je me trouvais aujourd'hui dans ce restaurant huppé, invitée par l'agent d'un de nos plus célèbres chanteurs, au milieu de gens qui, à tort ou à raison, s'imaginaient « en jeter ». Une histoire de lis et de fleur sauvage... mais cela aurait été trop long à expliquer.

— Claudio a perdu la vue il y a trois ans après avoir été agressé par deux salopards qui en voulaient à sa voiture. Il a eu les yeux brûlés par un produit chimique envoyé à bout portant. Dans un premier temps, il a cessé de chanter. Je suis arrivé à le convaincre de reprendre. Avec un répertoire plus limité, bien sûr.

« C'est du viol, avait crié le chanteur dans le parc quand l'inconnu l'avait surpris. Du viol pur et simple. »

J'ai demandé :

— Il n'y a rien à faire ?

— Un œil, le gauche, est totalement perdu. Pour l'autre, une greffe de cornée serait envisageable mais il ne veut pas en entendre parler.

— Pourquoi ?

— Avec l'œil droit, il peut distinguer le jour de la nuit. Il dit qu'il voit passer des silhouettes, des ombres. Il a peur que même ça ne lui soit retiré.

Des ombres, des silhouettes. Mon cœur s'est serré.

« Ouvre les rideaux, Laura. »

— Et, bien sûr, il refuse la canne blanche, pas question qu'il se mette au braille, le chien guide, n'en parlons pas, a repris l'agent. C'est pourquoi il a besoin

44

de quelqu'un. Si vous acceptez d'être la petite sœur, vous pourrez vous dire que je suis un peu le père.

Nous avons observé un moment de silence. Parlant de l'accident, sa voix avait été aussi rocailleuse que les coquilles d'huîtres qu'il alignait soigneusement sur le rebord de son assiette. David aimait sincèrement Claudio.

— Il n'a plus ses parents ?

— Ceux-ci sont séparés. Son père est avocat international. Il voyage beaucoup. Sa mère vit à Bordeaux, elle monte de temps en temps. Je n'ai pas l'impression qu'il tienne à la voir.

— Il n'a jamais été marié, n'est-ce pas ?

— Ni femme ni enfants.

— Mais alors qui s'occupe de lui ? À part vous, bien sûr !

— Sa « nounou », comme il l'appelle. Une vieille femme qui habite Neuilly, tout près de chez lui. Elle accourt chaque fois qu'il a besoin d'elle.

— Il vit donc seul ! ai-je constaté.

— Avec des millions d'admirateurs, toutes les femmes qu'il désire, des appels de partout, un courrier de ministre – dont il ne veut d'ailleurs rien savoir. Une secrétaire se charge d'y répondre.

Seul ! C'était bien ce que je pensais.

Nous avons terminé nos fruits de mer et poursuivi avec des rougets aux herbes. L'incomparable, c'était le calme de cet endroit. Silence et espace, le grand luxe aujourd'hui. Pas une voix ne dépassant l'autre. Je me sentais bien, à mon aise. J'avais appris sur le tard à me servir de couverts à poisson, à rincer mes doigts dans une coupelle, à trier entre les verres. David poussait le raffinement jusque dans ses moindres gestes. Il ne cessait d'essuyer ses lèvres. Je n'aurais pas été étonnée qu'il vienne d'un milieu modeste. Moi, j'ai un sixième sens pour repérer ceux qui ont grandi devant une toile cirée plutôt qu'une nappe damassée.

Il m'a parlé du programme de Claudio à Nice. La plupart des journalistes le rencontreraient à notre hôtel. Nous n'aurions à nous déplacer que pour les télévisions. Et aussi pour le « raccord », cette brève répétition que font les artistes avant le concert afin de repérer les lieux et d'éprouver l'acoustique.

Claudio connaissait l'opéra de Nice, il y avait déjà chanté à l'époque où il voyait encore.

— Mais voici que je parle comme si vous m'aviez donné votre réponse, a remarqué David avec un sourire confiant.

— C'est d'accord pour la petite sœur, ai-je dit.

7

L'héroïne de Delly et guide du prince venait de quitter son palace à Nice, saluée bien bas par un homme en uniforme, respectueux et empressé.

— Bonne soirée, mademoiselle.

Elle marchait à présent sur la fameuse Promenade des Anglais, le long de massifs de fleurs ponctués par des palmiers. L'air fleurait bon le rêve, le conte de fées, et même la mer était rose sous les rayons déclinants du soleil.

Maman aurait adoré.

J'avais découvert la Côte d'Azur à dix-sept ans, mon bac en poche, en descendant camper près de Cannes avec des amis. Ce qui m'avait le plus impressionnée était la présence assidue de la mer. La nôtre descendait si bas qu'on la perdait de vue, la Méditerranée se contentait d'une petite révérence.

Quelque part, les cloches d'une église ont sonné : six heures. La répétition de Claudio, à l'opéra, allait bientôt s'achever. Hélène Reigner, l'une des sopranos qui interpréteraient ce soir avec lui la symphonie de Mendelssohn, se chargerait de le raccompagner à notre hôtel où elle-même était descendue. Il me l'avait brièvement présentée. La trentaine, grande, belle, blonde, éclatante. Sur le programme, j'avais pu lire qu'elle avait reçu de nombreux prix et qu'ils chantaient souvent ensemble.

Depuis notre arrivée, vendredi, en fin de matinée, un tourbillon m'avait emportée. Les journalistes s'étaient succédé sans interruption dans le petit salon réservé pour Claudio à l'hôtel. Il m'avait fallu coordonner les rendez-vous, offrir des boissons aux impatients et le portrait du chanteur à ceux qui n'étaient pas accompagnés de photographes.

J'avais volé l'un de ces portraits.

Les questions des journalistes ne variaient guère : l'œuvre à laquelle Claudio participerait samedi, sa façon d'entretenir sa voix, la durée de ses exercices, ses projets.

Il y répondait avec patience et parfois humour. Jusqu'au moment où l'un d'eux avait regretté de ne pas l'entendre interpréter des airs d'opéra comme le faisaient la plupart des grands ténors. Son visage s'était glacé.

— Et pourquoi pas dans un stade ? Avec micro ? L'opéra, c'est terminé pour moi, vous ne le saviez pas ?

Et il avait claqué la porte.

Il faudrait que j'en parle à David.

Je suis descendue sur la plage. Quelques personnes s'y promenaient encore, chaudement vêtues car la fraîcheur tombait. Rose la mer, ocre mêlé de mauve les collines, vert-bleu les pins parasols... Côté palette, nous étions bel et bien enfoncés, les Normands. Mais nos plages étaient de sable, pas de galets comme celle-ci.

La vaste salle ronde achève de se remplir. Dans les loges rouge et or, comme des salons particuliers, les gens s'installent, se montrent, s'adressent des signes de reconnaissance, tous sur leur trente et un.

J'ai pour ma part été placée au troisième rang du parterre, tout près de la scène.

Au plafond, un lustre immense – six cents lampes, paraît-il – éclaire une fresque représentant le lever du jour : lune, étoiles, dieux et déesses entourent le char du soleil qu'emportent quatre chevaux blancs aux yeux exorbités.

Le soleil et la nuit, les ténèbres et la lumière, j'ignore encore qu'il ne sera question que de cela dans la symphonie *Chant de louange* que nous nous apprêtons à entendre. Comme à Auxerre j'ai le livret avec les paroles entre les mains mais n'y ai jeté qu'un bref coup d'œil, trop impressionnée par ce qui m'entoure, le flamboyant décor.

C'est la première fois que je me trouve « en vrai » à l'opéra. Je n'ai fait jusque-là qu'y assister par petit écran interposé : *Carmen, La Traviata, Cosí fan tutte*... parmi mes préférés. Et cette splendeur à la fois m'éblouit et m'écrase. Je me sens seule. Les grands moments comme celui-ci ne sont-ils pas faits pour être partagés ?

Bref, je ne sais plus très bien où me mettre.

Comme s'il percevait mon trouble, mon voisin, un vieux monsieur aux cheveux blancs, très élégant, décoration à la boutonnière, me sourit avec gentillesse. Bêtement, je voudrais lui dire de qui je suis la guide.

L'orchestre est déjà installé. Le chœur, hommes et femmes vêtus de noir et blanc, fait son entrée sous les applaudissements. Ceux-ci redoublent lorsque apparaissent Claudio et les deux sopranos. Le visage de Claudio est tendu vers la salle, si grave, si beau. Mon cœur bat. Il y a un peu plus de deux heures, monsieur mon voisin, j'avais cet homme pour moi toute seule. Puis vient le chef d'orchestre.

Les lumières s'éteignent.

C'est comme un grand vent qui se lève, enfle, se répand, en vagues tantôt douces, tantôt violentes. Je ne connais pas le nom de tous les instruments qui composent un orchestre, mais chacun a sa voix et chaque voix sa couleur qui se mêlent ou s'opposent, flambent ou murmurent en une commune prière, une commune supplication.

Je ne connais pas non plus les termes savants pour écrire ce que je ressens : cette beauté qui fait mal, cette émotion qui libère. Demain, je les lirai dans les journaux. Pour l'instant, je marche le long de la mer, je traverse des jardins clairs, des vallées fleuries, je me perds dans des forêts, j'entrevois de vertigineux sommets.

Ces voix me disent ce que j'ai toujours su au fond de moi : nous sommes seuls dans un monde de grande beauté et d'infinie douleur.

Puis soudain les chœurs explosent. La voix humaine rejoint celle des instruments. Un cri s'élève.

Que tout ce qui respire loue le Seigneur.

50

Sur le devant de la scène, Claudio et les sopranos sont debout.

Hélène Reigner chante, seule.

Loue le Seigneur, mon âme.

J'ai fermé les yeux pour mieux l'entendre. À quoi comparer cette voix sinon au chant du rossignol ? Quelle couleur lui donner autre que celle d'une source éclairée par le soleil ? Banal ? Cliché ? Bien sûr, mais tant pis, c'est ça !

Un chœur de femmes lui répond, l'accompagne, remerciant lui aussi le Seigneur, louant ses bienfaits.

Très droit, le menton en avant, Claudio attend et j'attends Claudio. Lorsque sa voix s'élève, sourde, pleine de pleurs retenus, comme un voile sombre s'étend sur la scène et la joie se déchire.

J'errais dans la nuit et les profondes ténèbres,
entouré d'ennemis qui me traquaient.

Mon cœur s'arrête. C'est un cri de détresse qu'il lance, sa propre souffrance qu'il exprime. Qui l'entend ici ?

Les chœurs lui répondent, les sopranos y mêlent leurs voix pour l'apaiser, lui redonner espoir.

J'ai espéré en le Seigneur et il s'est penché vers moi.

Puis Claudio à nouveau. À nouveau le voile noir.

Nous vous implorons dans les ténèbres.
Gardien, la nuit va-t-elle s'achever ?

La main de mon voisin effleure mon bras.

— Mademoiselle, ça va ?

Je n'ai pu retenir un sanglot, bravo ! Mais, monsieur, vous, vous entendez de la belle musique, moi j'entends le désespoir de l'homme que j'aime et j'ai peine à le supporter.

— Merci, ça va.

« Ne t'en fais pas, disait maman quand je pleurais pendant une histoire ou un film. Tout finira bien, tu verras. »

Plus tard, la voix d'Hélène Reigner s'est mêlée à celle de l'autre soprano. Elles ont formé une tresse de lumière pour célébrer la lumière retrouvée.

La nuit s'est dissipée.
Le jour s'est levé !

En un immense cri d'allégresse, l'orchestre et les chœurs les ont rejointes. On n'a plus entendu que louanges et gratitude au Seigneur.

Le visage de Claudio était celui d'un emmuré. Il me semblait l'être avec lui. N'en déplaise à ma mère, aucun Dieu, aucun Seigneur ne lui rendrait jamais la lumière qu'on lui avait volée.

Toute la salle s'est dressée pour applaudir. Les ovations ont duré longtemps. Assez pour que je puisse me refaire un visage. Lorsque le lustre aux six cents lampes a éclairé de nouveau le char du soleil, l'héroïne était prête à reprendre dignement son emploi de guide.

Aucun souper officiel n'avait été prévu. Que voudrait faire Claudio ? Je n'en avais pas la moindre idée.

J'ai pris le chemin des loges. J'avais repéré la sienne en l'accompagnant à la répétition dans l'après-midi ; elle était voisine de celle d'Hélène Reigner.

Une petite foule joyeuse se pressait dans les couloirs. On entendait des rires, des félicitations, on sentait comme une délivrance. La loge de Claudio était pleine. De la fenêtre, on voyait la mer. J'ai reconnu le chef d'orchestre, un Japonais. Les deux sopranos étaient là elles aussi. Une bouteille de champagne circulait.

J'ai eu du mal à me glisser jusqu'à lui. Lorsque Hélène Reigner m'a découverte, elle m'a souri gentiment.

— Que veux-tu, petite ?

Claudio a tendu la main.

— C'est toi, Laura ?

J'ai glissé mon épaule sous cette main. Le silence s'était fait autour de nous. Tous me regardaient, attendant ma réponse.

— Je voulais savoir ce que vous désiriez faire maintenant, monsieur.

Ma voix était plus rauque que jamais et quelques rires ont couru.

— Ce que je désire faire ? Mais m'amuser, bien sûr ! a répondu Claudio. La nuit ne fait que commencer, comme tu vois. Et je suis en bonne compagnie.

« La nuit ne fait que commencer »... Ai-je été la seule à faire le lien entre ces paroles et celles qu'il venait de chanter si douloureusement ? D'autres rires légers ont couru. J'ai senti, honteuse, les larmes revenir. Insortable, décidément, Laura ! Simplette à l'opéra...

Sa main a abandonné mon épaule et il a levé sa coupe.

— À Nice, à nous et à la fête, a-t-il énuméré avant de la vider d'un trait.

— Ne vous en faites pas pour lui, mademoiselle, m'a glissé Hélène Reigner. Je suis là. Vous êtes libre.

8.

À Villedoye, passé neuf heures du soir, chacun était rentré chez soi. Seul signe de vie, apparaissait çà et là derrière les rideaux la lumière bleutée des téléviseurs.

À plus de onze heures, tout Nice semblait être encore dans la rue.

Loin de la Promenade des Anglais et des senteurs de fleurs, c'étaient les odeurs de friture, d'épices, de poivron et d'ail qui parcouraient les ruelles étroites, entrecoupées d'escaliers, de la vieille ville. Il y avait des restaurants partout, de la musique et du linge aux fenêtres.

Non, je n'étais pas chez moi, mais au moins, ici, personne ne riait sur mon passage.

« Que veux-tu, petite ? »

Claudio ne m'avait pas retenue. Il ne m'avait pas défendue. Mais de quoi m'aurait-il défendue ? Qui m'avait attaquée ? On s'était contenté de me congédier.

« Vous êtes libre, mademoiselle. Je suis là. »

Hélène Reigner était-elle la maîtresse de Claudio ?

Il l'avait connue avant de perdre la vue et avait pu apprécier sa beauté. Elle avait une voix admirable, ils faisaient partie du même monde, ils voyageaient souvent ensemble. Bien sûr qu'elle était sa maîtresse ! Et en être jalouse eût été complètement ridicule. La jalousie fait-elle partie du programme d'un amour secret et sans espoir ?

L'héroïne de Delly a regagné son palace le ventre vide et le cœur lourd.

— M. Roman n'est pas avec vous ? s'est étonné le réceptionniste en me remettant ma clé.

— Il est avec des amis. Il rentrera plus tard.

La couverture avait été faite. Sur le drap rabattu, mon T-shirt-chemise de nuit était soigneusement étalé, ce qui m'a arraché un sourire. Il y avait sur l'oreiller une petite boîte dorée contenant deux chocolats en forme de cœur accompagnée d'une carte de l'hôtel : « Bonne nuit. » Allons, la fête continuait !

À mon arrivée, la veille, j'avais trouvé dans ma chambre une corbeille de fruits. J'y ai choisi une poire que j'ai dégustée avec les chocolats. Il existe un dessert comme ça qui s'appelle « poire belle Hélène ». Ça tombait bien.

Comme il se devait, ma porte de communication avec la chambre de Claudio n'était pas fermée à clé. Je suis allée y faire mon tour. Son pyjama était présenté sur le drap et lui aussi avait sa boîte de chocolats mais il ne pourrait lire le « Bonne nuit ».

« Ouvre les rideaux, petite. »

Je les ai ouverts et j'ai laissé une fenêtre entrebâillée comme il me l'avait réclamé à Auxerre. Ici, cela sentait la mer et on s'imaginait l'entendre.

J'allais me mettre au lit après avoir pris un bain quand il est rentré. Il n'était pas seul. J'ai reconnu la voix d'Hélène, qui avait du mal à ouvrir la porte.

— Décidément, je déteste leurs nouvelles clés en carton, a-t-elle protesté.

Et Claudio a ri. Un rire un peu épais, m'a-t-il semblé. Elle a fini par y parvenir et la porte a claqué.

— Oh, des chocolats ! s'est-elle exclamée.

J'ai pris place dans ma royale couche. J'ai éteint la lumière et bouché mes oreilles. J'aurais voulu des murs en béton armé. Non, je n'étais pas jalouse, mais j'avais bien le droit d'être malheureuse.

Combien de temps s'est-il écoulé ? J'ai finalement réussi à m'endormir. Un bruit me réveille en sursaut. La porte communicante est grande ouverte. Claudio se tient sur le seuil, éclairé par la lumière de sa chambre.

— Laura, tu dors ?

Le cœur battant à se rompre, j'allume ma lampe de chevet : trois heures quinze. Je me glisse hors de mon lit et vais vers lui.

— Je suis là.

Les mots d'Hélène.

Il tend la main à la recherche de mon épaule. Je la lui offre. Il porte la robe de chambre à rayures d'Auxerre, ouverte sur son pyjama.

Son visage est une catastrophe.

— Je t'ai réveillée ?

— On dirait bien.

— Pardonne-moi. Mais tu trembles. Tu as froid ? Retourne vite au lit.

J'obéis d'autant plus volontiers que mon T-shirt couvre à peine mon ventre. Oui, je tremble. D'émotion. Je remonte le drap sur moi.

Il m'a suivie et c'est lui qui, cette fois, prend place au bord du lit.

— Je l'ai renvoyée dans sa chambre, m'annonce-t-il. Elle serait bien restée toute la nuit, mais non merci !

Il a un petit rire « macho ». Il joue les conquérants, mais il a l'air d'un homme en perdition, d'un naufragé qui crie à l'aide.

— Elle baise bien, c'est l'essentiel.

Je n'ai pu retenir un sursaut.

— Je n'aime pas ce mot.

— Tu n'aimes pas baiser ?

— J'aime mieux faire l'amour.

Il se tait un instant. Je remonte un peu plus le drap.

— Et tu as eu beaucoup d'amants ?

— Sûrement moins que vous d'amoureuses.

Il rit à nouveau.

— Non mais, écoutez-la ! Amour... amoureuse... Voyons, petite Laura, tu ne lis donc pas, toi qui as des yeux ? Tu ne vas pas au cinéma ? Tu ne regardes pas la télé ? L'amour, mais c'est ringard ! Aujourd'hui, c'est le sexe qui compte. Les femmes n'ont plus peur de leur corps, elles le revendiquent, elles l'exhibent, elles l'ouvrent à qui veut.

— Ce n'est pas ça qui les rend plus heureuses.

— Le bonheur, maintenant ! Voilà qu'elle mélange tout : sexe, amour, bonheur. Qu'attends-tu pour parler d'âme ?

— Vous en parliez tout à l'heure quand vous chantiez.

Il ne répond pas. Il a un bref soupir. Puis sa main me cherche, trouve mon épaule, palpe le tissu de mon T-shirt.

— Du coton. Une petite fille élevée dans du coton !

La main descend plus bas. Le cœur battant à nouveau, je m'écarte. S'il rendait ce genre de visite à la jolie Corinne Massé, pas étonnant qu'elle ait craqué. Il laisse tomber.

— Alors, toi qui crois à l'amour, Laura, raconte comment ça fait.

Je regarde cet homme, j'entends sa voix, sa plainte. On ne choisit pas. On se dit simplement : « C'est lui », et tous les clichés vous dégringolent sur la tête.

— Ça fait drôle. À la fois, ça vous coupe la respiration et on a l'impression de n'avoir jamais aussi bien respiré. Ça vous brûle comme pas permis et tout ce qu'on demande, c'est de continuer à brûler. On a l'impression qu'avant on faisait seulement semblant de vivre. On est injuste envers soi-même.

— Tu parles comme dans les chansons, remarque-t-il.

— Comme dans les lieder de Mozart ?

Il se tait à nouveau. Son visage est plus calme. Il me semble que la grosse douleur a pris le large. Il respire profondément.

— Je suis content que tu sois là. Après les concerts, c'est toujours un peu difficile. Surtout après cette foutue symphonie.

La nuit est passée. Le jour est venu... ?

— Ça t'a plu, au moins ? Tu as aimé ?

— J'ai été très émue. Si vous voulez savoir, j'ai même versé une petite larme.

— Petite Laura... petite larme...

Et voilà qu'il se penche vers moi et pique un baiser sur ma joue, tout près des lèvres. J'étouffe, je brûle. Il est si proche, si viril, si beau et malheureux. Il m'émeut tant.

OK, je veux bien être la sœur, mais je me sens aussi

la mère qui voudrait le prendre dans ses bras pour le protéger, bercer sa peine. À propos, qu'est-ce qu'elle fout, ta mère ? Je ne peux quand même pas être tout à la fois. Car n'oublions pas la femme qui se retrouve pleine de frissons à cause d'un simple baiser volé.

Lorsqu'il s'écarte pour soulever le cadran de la montre qui ne quitte jamais son poignet, à la fois je respire et regrette. Il cherche les aiguilles, les chiffres en relief.

— Presque quatre heures ! s'exclame-t-il. Pauvre Laura qui meurs de sommeil. Pardon pour ton papa boulanger mais cela ne doit pas être de la tarte de s'occuper d'un vieil égoïste comme moi.

— Ça, c'est sûr ! dis-je avec conviction.

Il rit, cette fois franchement. C'est ma victoire.

— Ne bouge pas, ordonne-t-il en se levant. J'y arriverai tout seul.

Les mains tendues, guidé par la lumière venant de sa chambre, il marche à petits pas vers la porte. Parvenu à celle-ci, il s'arrête, se retourne.

— Mais pour l'amour, tu te trompes, petite fille : c'est baiser qui compte.

K.-O., Delly !

9.

J'étais depuis deux mois l'attachée de presse officielle de Claudio Roman. Je ne travaillais plus que pour lui, secondée par Monique, une assistante choisie par David. J'avais gardé mon bureau à l'Agence.

Lorsque Claudio m'avait demandé de l'appeler par son prénom, j'avais cru ne jamais y parvenir. Et puis c'était venu naturellement puisqu'en moi-même je le faisais depuis longtemps. Il m'arrivait même de le tutoyer en secret.

Par sa biographie, remise aux journalistes, j'avais appris qu'il avait commencé, tout jeune, par étudier le piano. Il avait découvert le chant vers dix ans, en participant à la chorale de son école où son professeur de musique avait remarqué sa voix. Parallèlement à ses études il avait fait le conservatoire de Bordeaux, sa ville natale, puis il était entré à l'École lyrique à Paris. Sa rencontre avec David May avait été déterminante. Il avait choisi de se consacrer entièrement au chant.

Aimer l'homme, c'est s'attendrir sur le petit garçon qu'il a été. J'imaginais Claudio faisant conscencieusement ses gammes, puis chantant avec ses camarades, plein de fougue et de confiance.

Les yeux grands ouverts et croyant encore à l'amour.

Je connaissais à présent tous les journaux et émissions traitant de musique classique. Le plus difficile n'était pas de mobiliser la presse mais de faire le tri entre les nombreux journalistes désireux de le rencontrer. David s'occupait personnellement de ses voyages. Nous étions en contact permanent.

À son arrivée dans chaque nouvelle chambre d'hôtel, Claudio devait, en quelque sorte, apprivoiser l'espace. Étape par étape, les mains devant lui, l'odorat en alerte, il faisait lentement le tour de la pièce, repérant les meubles, les ouvertures, les éventuels obstacles. Et le voyant faire, chaque fois, mon cœur se serrait.

Je m'efforçais de lui décrire certains objets : une lampe, un tableau. « Tout ce que je n'ai pas touché n'existe pas », m'avait-il dit un jour.

Pour la nourriture, il fallait lui citer ce qui se trouvait dans son assiette. L'odeur, la consistance des mets ne suffisaient pas toujours. Dans les grands restaurants qui servent des plats très élaborés, il était complètement perdu.

Plus jeune, j'avais fait un jour l'expérience avec des amis : reconnaître, les yeux bandés, un vin rouge d'un blanc. Nous avions été nombreux à nous tromper.

Il lui arrivait de m'inviter à venir partager son petit déjeuner. Il le prenait tard et toujours dans sa chambre. Je me gardais bien d'avouer que le mien avait été dégusté depuis belle lurette. Je l'aidais à se servir dans la profusion d'aliments qui se trouvaient sur le plateau tout en le laissant le plus possible se débrouiller seul.

Parfois, il s'énervait de ne pas y parvenir et me repoussait brutalement.

J'apprenais peu à peu la patience. Elle devenait partie de l'amour.

« Pourquoi moi ? » m'étais-je demandé quand David était venu me chercher.

« Pourquoi elle ? » se demandaient mes collègues à l'Agence.

Pourquoi Laura, attachée à la star, fréquentant désormais les meilleurs établissements, voyageant, descendant dans les plus beaux hôtels.

Mathilde elle-même semblait parfois en prendre ombrage. Je m'étais bien gardée de parler de mon salaire, versé par David et qui avait doublé. Mais, comme l'avait dit Corinne Massé, j'étais souvent d'astreinte jour et nuit.

Claudio habitait à Neuilly, un petit hôtel particulier avec jardin. Je m'y rendais régulièrement. On s'y sentait à la campagne. On y entendait les oiseaux. Un piano à queue occupait une bonne partie du salon. Il s'en servait pour exercer sa voix chaque matin.

— La voix, comme le souffle, a besoin de se réveiller. Il ne faut pas la brusquer. Imagine que je la perde, que me resterait-il ?

J'avais rencontré Maria, sa « nounou » portugaise. Après m'avoir regardée avec méfiance, elle semblait avoir compris que je n'avais pas l'intention de jouer les maîtresses de maison. Corinne Massé s'y était-elle risquée ?

Pas une seule fois Claudio n'avait fait allusion à elle et je me disais : « Un jour, ce sera pareil pour toi. Il s'apercevra que tu n'es pas à la hauteur, il en prendra une autre et t'oubliera aussitôt. »

Cette autre accepterait-elle les visites nocturnes du

63

chanteur lors de ses déplacements, à l'heure où, prisonnier d'un lieu inconnu, l'angoisse l'empoignait ?

— Je ne te réveille pas, petite Laura ?

Accepterait-elle, parfois défaillante de sommeil, de subir des questions peu plaisantes, voire agressives, et de rester à ses côtés jusqu'à ce que le calme remplace la douleur sur son visage ?

— Es-tu jolie ? m'avait-il demandé un jour, ou plutôt une nuit, où il était venu me rejoindre dans ma chambre. Sais-tu ce qu'Hélène dit de toi ?

Mon cœur s'était serré. J'avais tendu le dos.

— Elle dit que tu es insignifiante... Qu'en penses-tu ?

J'en pensais que, cette nuit, Claudio était méchant et qu'il devait donc être particulièrement malheureux. J'en pensais aussi qu'Hélène était une sale vache.

— Certains me trouvent un charme fou, m'étais-je défendue en plaisantant.

— Veux-tu savoir comment je te vois ?

Si j'avais refusé, il l'aurait dit encore plus volontiers, aussi avais-je préféré garder le silence.

Cette nuit-là, nous étions assis côte à côte sur un canapé. Je ne recevais plus les visites du prince dans mon lit et évitais le T-shirt trop court. Je portais un pyjama.

— Tu es un petit modèle : moins d'un mètre soixante. C'est ton épaule qui me le dit, juste à ma main. Petit, mais bien proportionné...

Cette main avait essayé de faire le tour du modèle. Ce n'était pas la première fois. Je la repoussais en riant et il n'insistait pas. Peut-être se souvenait-il d'une certaine Corinne Massé à qui il avait permis de se faire des illusions.

Sa main était remontée sur mes cheveux. Là,

64

j'acceptais toujours et il m'arrivait même de fermer les yeux lorsqu'il les caressait.

— Un plumage bien fourni, un petit bec volontaire, un regard farouche. Je te vois comme un moineau des champs.

— Je préfère ça à une pie grièche ou une hulotte, avais-je répondu.

Il avait ri. Faire rire Claudio, surtout la nuit, était pour moi l'ultime récompense.

Et tout le monde ne peut pas naître rossignol !

— Comment fais-tu pour me supporter ? s'était-il étonné une autre fois où le désespoir l'avait rendu plus désagréable que de coutume. Ne crois pas que j'ignore ce qui se dit de moi : égoïste, sans gêne, grossier. C'est par pitié que tu restes ?

— Alors là, pas du tout ! C'est par pur intérêt : je suis bien payée, j'adore les voyages et le luxe. Sans compter les concerts gratos.

Là encore, il avait ri. Avant de redevenir sérieux, presque implorant.

— Demande-moi quelque chose, petite Laura. Tu ne demandes jamais rien. Veux-tu un bijou ? une robe ? une voiture pour remplacer ton épave ? Demande et tu l'auras, c'est promis.

— Attention, là, vous prenez des risques. Imaginez que je vous demande la lune ?

— Je m'arrangerais pour te la décrocher.

Je m'en souviendrais.

Ce jour-là 20 décembre, j'ai accompagné Claudio pour quelques courses-cadeaux de fin d'année. Son chauffeur, Jean-Pierre, nous a déposés devant une parfumerie près des Champs-Élysées : une boutique de conte de fées.

65

C'est un habitué. Un essaim d'hôtesses toutes plus jolies les unes que les autres l'entourent et le conduisent vers leur directrice, une belle femme d'une cinquantaine d'années. Ils se serrent la main. Tandis qu'il fait son choix, je reste discrètement à l'écart.

Pour Hélène Reigner, il choisit un grand flacon de parfum dont il cite le nom sans hésiter. Pour sa mère, qui viendra passer Noël avec lui, une boîte de savonnettes au muguet. Et enfin, pour David, dont la coquetterie l'amuse, une eau de toilette.

— Des paquets-cadeaux, bien sûr, monsieur Roman ?

La main de Claudio cherche mon épaule.

— Attendez ! Nous ne nous sommes pas occupés du plus important, cette jeune personne.

Tous les regards se tournent vers moi qui, jusque-là, étais passée inaperçue. Les joues me brûlent. La directrice me sourit.

— Qu'avez-vous l'habitude de porter comme parfum, mademoiselle ?

J'avoue, un peu honteuse :

— Je n'en ai aucun en particulier.

— Il faut à Laura quelque chose de rare, intervient Claudio. Un parfum qui lui ressemble, à la fois léger et sauvage.

Moineau des champs ?

Il y a des rires gentils. Claudio s'amuse. Il s'amuse de mon embarras. Je lui en veux. Ils n'ont pas tort, ceux qui le disent indélicat.

— Eh bien, nous allons vous trouver ça, déclare la responsable du magasin.

Sur mon poignet et sur celui de Claudio, elle vaporise divers arômes en nous citant leur nom. Au bout

66

d'un moment, tous se mêlent. C'est trop ! Je serais incapable de me prononcer.

— Celui-là, décide soudain Claudio.

C'est une eau de toilette, appelée simplement « Elle », qui fleure bon l'herbe et la fraîcheur. J'ai, moi aussi, droit à un paquet-cadeau.

— Tu le mettras dans tes souliers, ordonne Claudio après que nous avons regagné la voiture. Interdiction de l'ouvrir avant le 25 décembre au matin.

Comme chaque année, mes souliers seront devant la cheminée de la cuisine, à Villedoye : Noël tombe un jeudi. Aucun déplacement n'est prévu pour Claudio avant la mi-janvier. Durant une bonne semaine, j'ai l'intention de redevenir normande.

10.

Ce matin, à la boulangerie, j'ai joué à la marchande, la meilleure façon de renouer avec mon village. Tout le monde est passé, y compris d'anciennes amies d'école, pour la plupart mariées et mères de famille : « Alors, Laura, à quand ton tour ? »

Elles savaient que je travaillais dans la chanson mais le nom de Claudio Roman ne leur disait rien. Je me serais occupée de Michel Sardou ou de Johnny Hallyday, j'aurais connu mon heure de gloire. Je n'ai pas cherché à les éclairer. C'était bon de redevenir Laura tout court. Laura moineau des champs et des pommiers.

En revanche, Bernard, le mari avocat d'Agathe, connaissait bien le chanteur. Et que sa petite belle-sœur ait l'honneur de l'accompagner dans ses tournées le laissait sur le flanc.

Durant le réveillon de Noël, que nous avons passé tous ensemble chez mes parents, il n'a pas tari d'éloges sur Claudio. Féru d'opéra, il l'avait vu dans *Carmen*, *Cosí fan tutte*, entre autres...

— Fabuleux ! Il ne jouait pas, il ÉTAIT le personnage. Cela a dû être terrible pour lui de devoir renoncer à monter sur scène.

Je me suis souvenue de son visage fermé, de sa réponse au journaliste, à Nice : « L'opéra, c'est terminé. » Et du désespoir que j'avais perçu dans ces mots.

Agathe, elle, m'a surtout interrogée sur nos voyages, les palaces, la presse, la télé. Elle en était bouche bée.

Nous avons pris à Deauville, dans sa coquette villa à colombages, le déjeuner du jour de l'an. Son mari réussissait bien, ses enfants, six et huit ans, garçon et fille, étaient charmants, elle avait une employée de maison : la grande vie ! Elle a eu une petite moue lorsque je le lui ai fait remarquer.

— Tu trouves ?

Après le repas, nous sommes allés en famille faire la promenade rituelle sur les planches, le long de la mer. Celle-ci était au diable, il faisait doux, gris, venteux. J'étais bien rentrée chez moi.

— Tu te parfumes, maintenant ? C'est nouveau, s'est étonnée ma sœur en me respirant. Ce ne serait pas le célèbre « Elle » ? Il vient de sortir.

— Je ne savais pas qu'il venait de sortir, mais c'est bien « Elle ».

Et c'était Lui qui me l'avait offert. Je n'ai pu m'empêcher de le confier à Agathe. Toute occasion m'était bonne pour citer le nom de Claudio. Elle m'a regardée par en dessous.

— Dis donc, toi ! Tu ne serais pas amoureuse, par hasard ? Bernard m'a montré une photo de ton chanteur sur un CD, quand il avait encore ses yeux. C'est vrai qu'il était sensationnel.

— Il l'est toujours. Et si j'étais amoureuse, ce serait sans espoir, ai-je répondu en riant. Toutes les femmes sont à ses pieds.

— Ça n'empêche qu'il t'appelle sans arrêt...

La dernière fois, cela avait été pendant le déjeuner et j'avais quitté la table pour lui répondre. Je n'ai pas dit à Agathe que Claudio voulait s'excuser de m'avoir réveillée cette nuit de passage à la nouvelle année.

Il avait appelé à une heure du matin. Le champagne aidant, je dormais profondément et mon cœur avait bondi. Mes parents avaient-ils entendu la sonnerie de mon portable ? Ma chambre est voisine de la leur.

La tête sous le drap, je lui avais parlé jusqu'à ce que son angoisse s'apaise : tableau de famille à Villedoye. Il aimait bien. Nous l'amusions. J'avais même raconté Agathe-le-pain-blanc. Si elle avait su, elle m'aurait tuée.

Elle a donné un coup de pied à un petit tas de coquillages abandonné là par un enfant.

— Tu as de la chance, a-t-elle soupiré. La grande vie, c'est toi qui la mènes !

J'ai désigné son mari qui marchait devant, entouré de leurs deux petiots.

— Tout ça, ce n'est pas mal non plus !

Elle a encore eu sa moue : « Ouais, pas mal. »

La belle m'enviait-elle, moi, la petite, qui, sur ces mêmes planches, cherchais autrefois en vain le regard des garçons et devais payer mes consommations faute de galant pour me le proposer ?

De nouveau, j'ai comparé, mais, cette fois, pas Agathe et moi. L'Agathe d'hier et celle d'aujourd'hui.

Ses cheveux étaient toujours aussi dorés et certainement beaucoup mieux arrangés qu'à seize ans, coiffeur oblige. Ses yeux, plus bleus que jamais, étaient soulignés par un maquillage savant, ses traits étaient les mêmes, sa ligne impeccable malgré ses deux grossesses. Mais quelque chose avait changé. Une lumière, un éclat s'étaient comme estompés, ternis. Sa démarche non plus n'était plus la même, cette façon qu'elle avait, jeune fille, d'avancer le menton, l'air de dire : « À nous deux, la vie ! » Ou, plus simplement : « À moi, la fête et les garçons ! »

Agathe en jetait moins.

Ma tante Jeannette a exprimé haut et fort mon sentiment lorsqu'elle est passée, mordue par la curiosité, nous faire à maman et à moi une petite visite dominicale.

Cette fois, je partageais le café et la conversation. Paris, mon travail, mes distractions, elle voulait tout savoir.

J'ai enjolivé pour alimenter le reste de son hiver.

— C'est drôle, a-t-elle constaté après que j'ai eu terminé. Voilà que c'est toi qui brilles, maintenant. Et Agathe qui s'éteint.

— Qui s'éteint, qui s'éteint..., a protesté maman, toujours prompte à défendre l'une ou l'autre de ses filles. Qu'est-ce que tu racontes là ? Elle s'ennuie, voilà tout. Avec son travail, son mari est tout le temps sur les routes. Si tu crois que c'est drôle. Surtout pour une qui a toujours aimé la fête.

— Et la fête, aujourd'hui, c'est la petite qui la fait, a conclu ma tante en me souriant.

Je me suis souvenue de ce jour d'été où pas moins de deux voitures étaient venues chercher Agathe pour l'emmener à la plage, et où quelques mots prononcés par Jeannette m'avaient conduite à me comparer à ma sœur.

Où en serais-je aujourd'hui si je n'avais surpris la conversation du lis et de la fleur sauvage ? Qui sait si, étant la plus douée à l'école, je n'aurais pas « fait instit », comme le souhaitait maman ?

Un instant, j'ai eu envie de leur raconter comment, d'une certaine façon, elles m'avaient donné l'élan en me poussant à en jeter à ma manière. Mais auraient-elles compris ? Il m'arrivait de ne pas en revenir moi-même.

J'ai préféré me taire en lorgnant vers les Delly, sur les étagères, adressant des clins d'œil complices à mes petites copines aux princes charmants. Dans ces romans, on ne parlait que d'amour, de cœurs brisés, de joues empourprées, de couchers de soleil. Comme dans les lieder de Mozart, finalement. À la différence que les lieder se terminaient toujours par la séparation ou la mort, alors que pour les héroïnes de Delly la fin était obligatoirement heureuse.

— Merci de ne pas m'avoir demandé quand je comptais me marier, ai-je dit à ma tante alors qu'elle nous quittait. Ça, tout le monde l'a déjà fait ici.

— Alors quand ?

Le plus chagriné de me voir partir a été celui qui avait le moins parlé durant mon séjour, sinon avec les yeux et quelques gros bisous surprises sur mes joues, mon père ! Il avait toujours eu une secrète préférence pour le pain bis comme lui.

Je suis allée le trouver au fournil pour lui faire mes adieux.

— Sais-tu ce que dit le chanteur dont je m'occupe ? Il dit que le pain et la musique sont les deux nourritures indispensables à la vie. Il met même le pain avant la musique.

Un sourire de fierté a éclairé le visage du boulanger.

— Si un jour vous passez par là, il faudra que tu me le présentes.

11.

Mars, déjà ! Alors que les bourgeons commençaient
à sortir, un coup de froid s'est abattu sur le pays. Tout
est blanc.

Dans mon pigeonnier, chauffé par un simple radia-
teur électrique, c'est juste, pour la température. Il est
dix heures ce soir-là, je m'apprête à prendre une douche brûlante avant de me réfugier sous ma couette
avec de la lecture quand mon portable sonne.

— Laura ? Viens. Je t'en supplie, viens vite.

La voix de Claudio est sourde, à peine audible : on
dirait que quelqu'un lui serre la gorge.

— Tout de suite !

J'ai peur. Riche, seul, aveugle : la proie idéale pour
les lâches qui choisissent aujourd'hui de s'attaquer aux
sans-défense. David a essayé maintes fois de persuader
Claudio de loger quelqu'un chez lui : la maison est
vaste, il ne serait pas gêné. En vain. « Je n'ai besoin
de personne. » Même Maria, la fidèle « nounou », a
été recalée.

J'enfile en vitesse pantalon, pull, manteau. Ma voiture est garée non loin de chez moi. Alors que j'évitais de m'en servir à Paris, elle a repris du service depuis que j'accomplis régulièrement le trajet Montmartre-Neuilly. Je fonce sur les quais, l'estomac noué. Qu'a-t-il pu arriver à Claudio ? « Je t'en supplie, viens vite. » En dehors de nos voyages, jamais encore il n'avait sollicité mon aide la nuit. Et jamais supplié. Aurais-je dû tenter de joindre David avant de partir... comme une folle, admettons-le ?

Mais David est en Grèce, à Athènes, où il s'occupe d'une jeune chanteuse. Il n'a pas que Claudio comme client. Il m'a d'ailleurs appelée cet après-midi et je lui ai dit que tout allait bien, sans histoire.

Quelle histoire m'attend-elle à Neuilly ?

L'avenue où habite Claudio, dans un quartier résidentiel, est calme. Un homme en canadienne promène son chien le long des arbres que le givre et la lumière des lampadaires transforment en spectres. Mes doigts tremblent sur le code de la grille. Au bout du jardin, le salon est éclairé. On entend de la musique. J'entre avec ma clé.

Claudio est sur son canapé, face au poste de télévision en marche, le son au maximum. Je viens vers lui.

— Claudio, c'est moi.

J'ai toujours peur de lui faire peur.

Sans tourner la tête, il me fait signe de m'asseoir à ses côtés. Ses cheveux sont en désordre, son visage celui des plus sales nuits. Il tend la main vers l'écran.

— Écoute. C'est *La Traviata*.

L'opéra de Verdi, tiré de *La Dame aux camélias* d'Alexandre Dumas, filmé par Zeffirelli.

J'ai lu le livre autrefois et vu le film. Violetta, jeune et belle courtisane, s'éprend d'Alfredo, fils de bonne famille. Pour lui, elle renonce à sa vie dissipée. Ils s'aiment à la folie. Le père, d'Alfredo, jugeant la famille déshonorée, amène Violetta à rompre en faisant croire à Alfredo qu'elle ne l'aime plus. La fin est tragique : tuberculeuse, Violetta meurt dans les bras de son amant.

— Écoute, supplie Claudio en prenant ma main et en la serrant à me faire mal. Écoute.

C'est la fin de l'opéra, le troisième et dernier acte : Violetta dans ses bras, Alfredo chante. D'une voix brisée, Claudio reprend les paroles en français.

Ta santé refleurira,
tu seras la lumière de ma vie,
et tout l'avenir nous sourira.

Il lâche ma main.

— Alfredo, c'est moi ! crie-t-il. Cela aurait dû être moi. Les répétitions commençaient quand ces criminels m'ont tué.

Il tend son visage en avant. On dirait qu'il cherche à pénétrer l'écran pour prendre la place qui lui était due, que des criminels lui ont volée.

« L'opéra, c'est terminé pour moi, vous ne le saviez pas ? » avait-il lancé au journaliste, à Nice, avant de claquer la porte.

Je n'avais pas inventé la profondeur de la blessure.

Alfredo et Violetta chantent à présent en duo. Les larmes coulent sur le visage de Claudio. Comme il a bien su, jusque-là, les retenir devant moi, les cacher sous des colères, les masquer sous l'agressivité, n'être que le petit garçon qui tapait du pied et exigeait la porte entrouverte, un peu de lumière pour chasser les fantômes.

Le fantôme d'Alfredo ?

Violetta chante seule à présent. Elle s'affaiblit, la fin est proche. Je dois tendre l'oreille pour comprendre les mots que Claudio continue à traduire pour moi, à murmurer pour lui.

Mourir si jeune,
mourir si près de voir cesser enfin mes pleurs si
longs.

Et enfin :

Dis-lui que je veux vivre encore.

— » Dis-lui que je veux vivre encore », répète Claudio en un souffle.

Je voudrais avoir la force d'éteindre ce maudit poste. Je ne le peux. Il me tuerait. Il me semble qu'un siècle passe avant que le rideau tombe sur les dernières paroles de Violetta que la mort libère de sa souffrance.

O gioia !

— » Ô joie ! » reprend Claudio avec un rire terrible. « Ô joie »... Tu l'as entendue ? Où est-elle, la joie ?

De lui-même, il éteint le poste avant de projeter de toutes ses forces la télécommande au loin. Le silence tombe, le vide. Il a fermé les yeux. Il paraît épuisé. Que dire pour l'aider, sinon rester là ? Je prends sa main. Il l'appuie sur sa poitrine et je sens battre son cœur.

— Quand je chante ces foutus lieder, Alfredo est là, Alfredo prisonnier.

Et soudain il me repousse, se lève, tourne sur lui-même, comme perdu. Puis, les mains en avant, il marche vers la porte-fenêtre, en ouvre les deux battants et sort dans le jardin, dans le froid glacial, à peine couvert, la gorge nue.

« Imagine que je perde ma voix, m'a-t-il dit un jour. Que me resterait-il ? »

Sa voix : son instrument, sa vie.

Je cours le rejoindre. Arrêté au milieu du jardin, le visage renversé, il chante encore.

Je vous aimais sans le savoir,
de cet amour qui est le souffle,
de l'univers entier.

— Toi qui crois à l'amour, Laura, Violetta EST l'amour, dit-il. Elle sacrifie tout pour Alfredo. Et ce pauvre con qui ne voit rien, qui attend de l'avoir perdue pour comprendre...

Ce pauvre con...

Je rirais si je n'avais tant envie de pleurer. « Il ne jouait pas, il était vraiment le personnage », a dit mon beau-frère.

Je prends son bras et, de toutes mes forces, essaie de le tirer vers la maison. Il résiste.

— Claudio, s'il vous plaît, rentrons. Je vous en supplie, vous allez prendre mal.

Pauvres mots ! Prendre mal ? C'est fait. C'est attraper la mort qu'il veut. À quoi bon vivre puisqu'il ne sera jamais Alfredo ?

Dans le salon, le téléphone sonne. D'un coup, ses épaules s'affaissent. On dirait qu'il revient sur terre. Pas de téléphone dans *La Traviata*, rien que des paroles d'amour, de haine, de regret, de désespoir. La vie sans fil, de cœur à cœur.

Il me laisse le conduire vers la maison. La sonnerie s'est arrêtée. Je referme vite la porte-fenêtre sur nous. On entend la voix d'Hélène Reigner qui termine son message sur le répondeur.

« Appelle-moi pour me dire ce que tu en as pensé. *Arrivederci, caro.* »

— La connasse ! lance Claudio.

Il tangue vers la table roulante qui lui sert de bar, tâtonne parmi les bouteilles, les flacons, en prend un qu'il ouvre et respire, remplit un verre, le fait déborder, avale l'alcool d'un trait, recommence.

— Tu en veux ? C'est du cognac.

— Non, merci.

Il revient vers moi, se guidant à ma voix.

— J'arrête, décide-t-il. J'arrête de chanter. Terminé. Demain, tu annuleras tous mes rendez-vous. Et que David n'essaie pas de m'en empêcher.

Il s'affale sur le canapé. Il porte le pantalon de velours qu'il avait mis à Auxerre pour se promener avec moi, et une chemisette de sport. Que m'a dit David un jour ? « Il ne peut plus faire de sport, mais tous les jours il escalade l'Himalaya, il traverse la Manche à la nage, et nul ne s'en rend compte. »

Si. Moi, mon amour.

— Viens là, ordonne-t-il en tapotant la place près de lui.

J'obéis. Il pose son verre vide sur la moquette, entoure mes épaules de son bras. Et voilà que sa bouche cherche la mienne, que ses mains cherchent mes seins.

— Non !

Mon cœur s'est emballé. Cette fois, ce n'est pas un

jeu : il veut vraiment. J'écarte mon visage, je repousse
sa main. Il rit.

— Pourquoi non ? Tu ne m'aimes pas, moineau des
champs ? Tu ne me désires pas ?

Il prend ma main de force et l'appuie sur son sexe.

— Vois comme moi je te désire. Tu sens ?

Chaud, dur, palpitant sous mes doigts. Je t'ai tant
désiré certains jours, j'ai eu envie jusqu'à la souffrance de tes bras autour de moi, de tes lèvres sur les
miennes, de toi en moi. Depuis Auxerre, depuis six
mois, aucun homme ne m'a touchée. Certains s'y sont
essayés et j'ai ri, du même rire douloureux que toi à
l'instant, et j'ai dit : « Non, merci, pas disponible. »

Non, merci, Claudio, pas ce soir, pas par désespoir.

Il insiste, forçant ma main à esquisser une caresse.
Il respire fort, il sent l'alcool, il est laid et grimaçant,
je ne suis même plus sûre de l'aimer, je voudrais ne
l'avoir jamais rencontré, claquer la porte, disparaître.

Je parviens à me dégager, je me lève. Il se lève
aussi, immense, redoutable.

— Pourquoi ne réponds-tu pas quand on te parle ?

Il a pris mon bras pour me retenir. De son autre
main, il tâtonne, trouve mon visage. J'ai fermé les
yeux. Ses doigts viennent sur mes joues.

— Mais tu pleures, Laura. Tu pleures ?

Sa main retombe. Il demeure ainsi un moment puis
me tourne le dos.

— Fous le camp avant que je te viole. Ça ira.

12.

Il était huit heures lorsque le téléphone m'a réveillée en sursaut : David.

Claudio venait de l'appeler à Athènes pour lui faire
part de sa décision d'arrêter de chanter. Il avait refusé
de répondre aux questions de son agent. C'était fini,
terminé, définitif. Point.

— Laura, que s'est-il passé ?

La voix du « père » était plus rocailleuse que
jamais. La mienne n'était guère plus fraîche lorsque
je lui ai raconté la nuit, *La Traviata*, Alfredo. J'avais
à peine dormi, bourrelée par la peur et le remords.
Peur que Claudio ne fasse une bêtise. Remords de
n'être pas restée près de lui.

Et de ne pas lui avoir accordé ce qu'il me demandait.

Que valait mon cher petit corps face au désespoir
de l'homme que j'aimais ? Oui, que j'aimais. Ne
m'était-il pas arrivé de le donner par habitude, parfois
par pitié ou pour le simple plaisir ? Peut-être Claudio

se serait-il contenté de « baiser », moi je lui aurais fait l'amour pour deux.

— À vingt ans, il rêvait déjà d'interpréter Alfredo, a remarqué sombrement David, là-bas, en Grèce. Ne vous êtes-vous jamais demandé, Laura, pourquoi il refusait toutes les propositions de chanter ou d'enregistrer les grands airs d'opéra comme ils le font tous aujourd'hui ? Parce qu'un chanteur d'opéra est aussi un acteur et que pour lui c'est terminé. Plus jamais il ne pourra se produire sur scène et jouer la totalité d'un rôle. Il ne réalisera pas son rêve. Et j'aimerais bien savoir quel est l'imbécile qui lui a signalé que *La Traviata* passait hier à la télévision.

— Je crois que c'est Hélène Reigner. Elle l'a appelé une fois l'opéra terminé. Il n'a pas répondu.

— Bon Dieu, elle n'a donc rien compris ? a gémi David.

— Il faut que vous reveniez, ai-je supplié. Il est tellement désespéré. Je ne sais plus quoi faire.

— Je serai là en fin d'après-midi, a-t-il promis. En attendant, veillez sur lui, Laura. Et demandez à Maria de ne pas quitter la maison.

Éprouvait-il la même crainte que moi ?

Dès neuf heures, j'étais à Neuilly. Maria venait d'arriver.

— Monsieur dort.

J'ai tenu à m'en assurer, ce qui n'a pas été difficile car elle avait laissé la porte de sa chambre entrouverte pour l'entendre s'il appelait. Il dormait bruyamment, lourdement.

— Il a passé une mauvaise nuit, ai-je expliqué.

Elle a hoché tristement la tête en me désignant le salon en désordre, le flacon de cognac sur le sol, vide.

— M'offririez-vous une tasse de café ? ai-je demandé.

Nous l'avons pris ensemble à la cuisine et, lorsque j'ai avoué avoir sauté le petit déjeuner, elle m'a proposé du pain frais qu'elle venait d'acheter pour Claudio. Elle lui en apportait chaque matin. Aux croissants, il préférait la baguette : celle de campagne.

— Comme moi, ai-je dit.

Pain bis.

Maria m'a raconté qu'elle s'occupait de Claudio depuis plus de quinze ans, depuis qu'il s'était installé à Neuilly, encore jeune homme. Elle était sur le point de prendre sa retraite lorsque l'accident s'était produit. Elle avait continué pour lui. Pour lui exclusivement.

J'ai posé la question qui me tourmentait souvent.

— Mais ses parents, ils ne s'en occupent donc pas ?

— La maman vient de temps en temps mais il dit qu'il ne veut pas être traité en enfant.

— Et le papa ?

Elle a soupiré.

— Je ne sais pas. Je crois qu'il n'a pas supporté. Il est parti.

Le papa était-il de ces hommes que le malheur fait fuir ? Je n'ai pas insisté.

— Si vous l'aviez vu avant, mademoiselle. C'était tout le temps des fêtes ici, a repris Maria. Il n'arrêtait pas de me faire des blagues. J'ai rendu mon tablier plus d'une fois.

Elle riait en s'essuyant les yeux.

— C'est sûr qu'on ne peut rien faire ?

Pour que l'idée se soit imposée à moi si vite, évidente, vitale, il fallait qu'elle me soit déjà venue, qu'elle ait germé dans mon esprit.

Si ! Il y avait quelque chose à faire.

« Une greffe de cornée serait envisageable », avait répondu David lorsque je lui avais posé la même question que Maria.

Dans les papiers de Claudio, qu'il m'arrivait de classer, j'ai trouvé sans peine les coordonnées du Dr Leblond, l'ophtalmologiste qui l'avait pris en charge après l'agression et continuait à le suivre. Un grand patron. Le meilleur, d'après David. Retraité de l'hôpital, il exerçait aujourd'hui dans un cabinet privé.

Il était près de dix heures. Claudio dormait toujours et je priais maintenant pour qu'il ne se réveille pas trop vite. Maria faisait le ménage au salon. J'ai appelé de la cuisine sur mon portable.

Lorsque j'ai dit à l'assistante du médecin que j'avais besoin d'un rendez-vous urgent pour Claudio Roman, elle m'a trouvé une place l'après-midi même. Il y a des noms qui ouvrent toutes les portes.

— Vous risquez d'attendre un peu, ce sera entre deux patients.

— Cela n'a pas d'importance.

Je me suis bien gardée de lui dire que mon patient à moi ne m'accompagnerait pas.

« Toi, quand tu as une idée derrière la tête », remarquait maman.

J'ai confié Claudio à Maria. David serait là dans la soirée. S'il y avait un problème quelconque, qu'elle n'hésite pas à m'appeler.

Je suis partie sur la pointe des pieds, comme une voleuse.

« Il ne veut pas entendre parler de greffe », avait dit également David.

13.

Dans le VIIe arrondissement, le cabinet du Dr Leblond donnait sur la tour Eiffel. Il faisait toujours aussi froid mais le soleil triomphait dans un ciel d'un bleu sans pitié. Une longue file de touristes attendait de monter sur le célèbre monument pour admirer la vue. Claudio l'avait-il fait ? Nombre de Parisiens ne prennent pas cette peine.

— M. Roman n'est pas avec vous ? s'est étonnée l'assistante du professeur lorsque j'ai poussé la porte du cabinet.

— Il n'a pas pu se déplacer.

Elle a froncé les sourcils.

— Mais alors...

— Il lui est arrivé quelque chose de grave, de très grave, ai-je dit précipitamment, terrorisée à l'idée qu'elle puisse annuler le rendez-vous.

Son visage est devenu méfiant.

— Mais qui êtes-vous, madame ?

— Sa sœur.

La réponse était venue instinctivement. J'aurais dit

« son attachée de presse », nul doute qu'elle m'aurait refoulée.

Elle m'a désigné un petit salon d'attente où deux personnes patientaient déjà : une vieille femme accompagnée d'une plus jeune, mère et fille probablement. Ont-elles remarqué que mes mains tremblaient en prenant un magazine ? J'avais eu chaud !

Le professeur m'a reçue une trentaine de minutes plus tard. Lui n'a pas paru étonné de me voir seule : son assistante avait dû l'avertir.

C'était un homme d'une bonne soixantaine d'années, aux cheveux gris, au regard compréhensif, au regard de père derrière ses lunettes à monture épaisse. Ma gorge s'est serrée. On a beau avoir un père à la hauteur, cela ne vous empêche pas d'en chercher d'autres un peu partout, surtout en blouse blanche. Et la plus obstinée des filles, même avec une idée géniale derrière la tête, peut se sentir près de craquer.

Après avoir refermé la porte, il n'est pas retourné derrière son bureau. Il m'a désigné deux fauteuils côte à côte.

— Asseyons-nous là.

Puis il m'a regardée avec un sourire malicieux.

— J'ignorais que Claudio Roman avait une petite sœur.

Il savait ! Il savait que j'avais menti et il me recevait quand même ! La gratitude a déferlé dans ma poitrine et j'ai tout raconté : mon travail auprès du chanteur, nos voyages, toutes ces nuits où il débarquait dans ma chambre pour crier au secours, sa peur, son désespoir. Et, hier, l'explosion en entendant *La Traviata*, Alfredo. Quand Claudio était sorti à peine vêtu, la gorge nue, dans son jardin glacé, c'était une forme de suicide, j'en étais sûre. Tuer sa voix. Se tuer.

— D'ailleurs, il a décidé d'arrêter de chanter. Ce n'est pas possible, docteur. Qu'est-ce qu'il deviendra ? S'il ne chante plus, il n'aura plus rien.

Sur son bureau, le professeur a pris une poignée de mouchoirs en papier qu'il m'a tendue. Voilà que j'avais envie de rire, maintenant ! Il est vrai que le rire m'a longtemps servi de défense.

— Qu'attendez-vous de moi, mademoiselle ? a-t-il demandé après m'avoir laissée un petit moment pour me calmer.

— Il paraît qu'une greffe de cornée serait possible pour son œil droit, l'œil le moins atteint.

— C'est tout à fait exact. La cornée de son œil droit a moins souffert de la brûlure que l'œil gauche. La tension de cet œil est normale, la rétine et le cristallin intacts.

— Si vous l'opérez, combien de chances aura-t-il de retrouver la vue ?

— Environ cinquante pour cent.

Une chance sur deux.

« En cas d'échec, il craint de se retrouver dans le noir complet », avait dit David.

— Si cela échouait, continuerait-il à voir un peu de jour ?

— Au pire, il reviendrait à la case départ.

J'ai mieux respiré.

— Et quand pourriez-vous l'opérer, docteur ?

Le professeur Leblond a ouvert de grands yeux.

« Toujours pressée », aurait dit maman.

— Dans notre doux pays, il est hélas très difficile de trouver des donneurs d'organes. Pour une cornée, l'attente peut aller de six mois à un an.

La déception m'a terrassée.

— Alors ce ne sera pas possible !

— Que voulez-vous dire ?

— Je ne peux pas mettre Claudio au pied du mur tout en lui demandant d'attendre six mois !

Le professeur Leblond m'a regardée d'un air incrédule.

— Le mettre au pied du mur ? Voulez-vous dire qu'il n'a pas changé d'avis ? qu'il est toujours opposé à une greffe ?

— Claudio ignore que je suis là, ai-je avoué.

Le médecin a eu un gros soupir.

— Vous m'aviez laissé espérer une meilleure nouvelle.

Je me suis penchée vers lui. Comment réussir sans son aide ? sans sa confiance ?

— Docteur, je le ferai changer d'avis, je sais que je le peux. Mais six mois... n'y a-t-il pas moyen d'aller plus vite ?

— Quelques semaines tout au plus. La liste d'attente est longue. Vous devez savoir que tout passe par la Banque française des yeux.

— Et si je lui donnais une de mes cornées ?

L'idée venait de se présenter à moi. Mais oui, pourquoi pas ?

— J'ai d'excellents yeux, douze sur dix, ai-je ajouté.

Cette fois, Leblond m'a regardée comme si j'étais complètement folle. Je suppose qu'il n'avait pas tort.

— Vous plaisantez, mademoiselle. Vous croyez vraiment qu'une telle offre pourrait être acceptée ?

Le téléphone a sonné. Il a décroché et écouté quelques secondes.

— Plus tard, a-t-il répondu avec impatience. Laissez-moi encore un petit quart d'heure, s'il vous plaît.

Il a raccroché.

— Un petit quart d'heure pour me dire que c'est foutu ? que Claudio ne reverra jamais plus ? qu'on laisse tomber, qu'on le laisse mourir ?

C'était à présent la révolte qui plombait ma gorge. Il me semblait lutter contre la terre entière.

— Vous semblez oublier que c'est lui qui refuse sa chance, a rétorqué sèchement Leblond.

C'était exact. Et moi je perdais la tête !

— Je vous en prie, aidez-moi, ai-je murmuré.

Il s'est levé et il a fait quelques pas dans son bureau, les sourcils froncés, réfléchissant. Puis il m'a fait face à nouveau.

— Seriez-vous prête à emmener Claudio à New York ?

— N'importe où si cela peut lui donner une chance de revoir.

— Aux États-Unis, la liste d'attente n'existe pratiquement pas. Il y a moins de réticences que chez nous à donner ses organes. Et pour ceux qui ont les moyens de payer, il n'y a pas de problème. J'ai un ami là-bas, le Dr Miller, grand amateur de notre chanteur, figurez-vous. Si je le lui demande, il acceptera certainement de s'en occuper. Dans les meilleurs délais.

Il m'a souri.

— Mais vous n'y couperez pas, mademoiselle la sœur, nous ne pourrons rien faire sans l'accord de l'intéressé.

— J'aurai cet accord.

— Et moi, j'aimerais avoir votre foi.

— On dit qu'elle déplace les montagnes.

— L'ennui est que Claudio est une chaîne de montagnes à lui seul !

Nous avons ri. La joie tremblait en moi. Je ne pouvais encore croire que j'avais gagné, au moins cette manche-là.

Il s'est retourné et il a pris une carte de visite sur son bureau.

— Voici mes coordonnées personnelles. Si par bonheur vous arriviez à vos fins, appelez-moi immédiatement. Je me mettrai en rapport avec Miller. Quant à vous, il faudra vous tenir prête à embarquer très vite avec Claudio. Car je suppose que vous l'accompagnerez à New York.

— Nous serons prêts.

J'ai pris la carte et me suis levée à mon tour. Mon quart d'heure était terminé. Je me sentais comme dans un rêve. J'avais peur de retomber dans la vie.

— Une dernière chose, mademoiselle. Sachez que ce sont souvent les derniers moments les plus difficiles pour celui qui va être opéré. Cette greffe, le patient la désire et la redoute à la fois. « Et si l'opération échouait ? Si je me retrouvais comme avant ? Peut-être même plus mal qu'avant ? » Certains appellent ça la « torture de l'espoir ». C'est pour y échapper qu'ils préfèrent se résigner.

— Claudio ne se résignera jamais à ne pas être Alfredo.

« Alfredo est là, prisonnier », m'avait-il dit en appuyant ma main sur sa poitrine, et j'avais senti battre le cœur d'un condamné.

Nous arrivions à la porte. Le professeur s'est arrêté.

— Quoi qu'il en soit, vous devrez impérativement rester près de lui jusqu'à la dernière minute. Je dirais presque : jusqu'à la porte du bloc, pour l'empêcher de revenir sur sa décision.

— Je serai là.

Ce serait les yeux en larmes
Que je regarderais les horizons lointains.

Mozart. L'espoir.

La nuit est levée.
Le jour est venu.

La renaissance. Mendelssohn.

14.

— Qu'est-ce qui vous a pris, Laura ? Vous avez perdu la tête ou quoi ? Débarquer chez Leblond comme ça, sans en parler à personne. Pas même à *moi* !

Crime de lèse-majesté ?

— Si je vous en avais parlé, David, m'auriez-vous laissée y aller ?

— Certainement pas ! Claudio a refusé une fois pour toutes cette greffe. En remettant le sujet sur le tapis, vous allez tout réveiller, le démolir complètement.

— Démoli ? Il l'est déjà. Et rien n'est endormi, vous le savez bien. Il ne s'est jamais résigné à ne plus chanter d'opéra.

David ne répond pas. Lui aussi souffre pour Claudio. Lui aussi doit avoir peur de ce que le désespoir peut l'amener à faire. D'ailleurs, n'a-t-il pas passé la nuit à Neuilly ?

Il est onze heures, ce blanc matin d'hiver. Depuis dimanche, le froid ne désarme pas. Nous sommes dans le salon particulier d'un grand hôtel près de la place François-Ier. J'en ai par-dessus la tête des dorures, des décors prestigieux, de ce luxe où la souffrance ne trouve pas où se cacher.

L'agent laisse échapper un rire.

— Ne me dites pas que Leblond n'a pas été étonné de votre... visite surprise. Il a dû vous prendre pour une folle.

— Pas du tout. New York et le Dr Miller, c'est son idée. Lui m'a crue quand j'ai dit que j'arriverais à convaincre Claudio.

— Nul n'y est arrivé, Laura. Ni Leblond, ni moi, ni d'autres. Croyez-vous que nous n'ayons pas essayé ? Nous n'avons réussi qu'à le mettre dans des états épouvantables. Et cinquante chances sur cent que l'opération échoue, cela ne vous fait-il pas réfléchir ?

— Cinquante chances sur cent qu'elle réussisse, cela me met le turbo.

Il soupire. Je me penche vers lui. Bien sûr, j'ai été audacieuse, inconsciente sans doute, mais avais-je le choix ?

— David, quand Claudio est sorti dans son jardin, dimanche, sans se couvrir, il voulait mourir. C'était du suicide, il recommencera.

— Il a déjà eu de telles crises. Il a déjà décidé dix fois de tout arrêter. Et puis il s'est calmé. Nous allons annuler ses engagements durant quelques semaines et après, vous verrez, c'est lui qui demandera à reprendre.

— Jusqu'à la fois suivante, le désespoir suivant...

David May lève les yeux au ciel. Il semble épuisé. Depuis son retour de Grèce, il n'a pas eu le temps de poser sa valise dans sa belle maison de Saint-Cloud. Lorsqu'il a appelé ce matin et que je lui ai annoncé

mon intention de demander à Claudio de se faire opérer, il a voulu me voir sur-le-champ.

Pour m'en dissuader.

Il fait signe au garçon et commande un second café.
Non merci pour moi. « Une pile de nerfs », dirait
maman.

— Vous aviez raison sur un point, admet-il. C'est
bien Hélène Reigner qui lui a signalé le passage de
La Traviata à la télévision. Ils sont assaillis de demandes pour en chanter les principaux airs en duo. Elle
en rêve. Il faut reconnaître qu'elle ferait une superbe
Violetta.

— Claudio ne lui a pas dit qu'il ne voulait pas ?

— Elle n'a pas renoncé pour autant.

— Et, dimanche, elle l'a rendu fou.

Je la déteste. C'est elle qui a tout réveillé.

— Claudio est tombé amoureux de cet opéra à seize
ans en voyant le film de Zeffirelli. La plus belle histoire d'amour qui ait jamais été écrite, selon lui. Il en
connaît par cœur toutes les versions. On lui avait proposé le rôle juste avant l'agression. Il commençait les
répétitions... avec Hélène.

Voilà son café. Pas de sucre. Machinalement, il
tourne la cuillère dans la tasse. Il ne porte pas
d'alliance, juste une grosse chevalière.

Que sais-je de lui ?

« Un petit Bulgare arrivé en France avec juste sa
chemise sur le dos, devenu grand à force de talent et
de ténacité », me l'a décrit mon ancien patron, son
ami. Au début, il m'intimidait. C'est fini. Mais je le
respecte. Il a franchi des barrières autrement plus hautes que les miennes pour en jeter à sa façon. Je le
respecte et le comprends. Ce désir d'en jeter cache le
plus souvent une blessure, ou un manque, ou une res-

piration trop courte. Connaîtrais-je un jour la blessure de David May ?

Parfois son regard me raconte qu'il est seul.

— Quand Claudio s'est réveillé à l'hôpital, après l'agression, la première chose qu'il m'a dite a été : « Je ne serai jamais Alfredo », raconte-t-il.

— Il *sera* Alfredo.

— Comment pouvez-vous en être si sûre ?

— Je le sais. C'est tout.

— Et c'est vous qui l'emmènerez à New York voir le fameux Dr Miller ?

Je respire un bon coup puis me lance.

— J'ai fait la demande de passeport hier en sortant de chez Leblond. Le mien était périmé.

K.-O., le petit Bulgare ! Suffoqué. Avec ses verres épais et sa bouche ouverte, on dirait un gros crapaud asphyxié. J'en rirais si je n'étais, moi, la grenouille qui veut se faire aussi grosse que le bœuf.

— Je suppose que vous avez pris les billets d'avion, pendant que vous y étiez ? raille-t-il, le souffle revenu.

— J'espère les prendre bientôt.

— Et qui les paiera ? Vous ?

La voix a claqué, ironique, presque méchante. Le coup me pétrifie. « Pas de problème pour qui peut payer », a dit Leblond. Je ne me suis pas posé la question financière : Claudio peut. Mais c'est bien David qui règle ses factures, c'est lui qui m'a donné la carte de crédit que j'utilise à volonté lors de nos déplacements, ainsi que le portable.

— Je paierai s'il le faut.

— Et vous paierez aussi l'hôtel ? la clinique ? et les honoraires du Dr Miller ? Peut-être imaginez-vous qu'il travaille pour rien ? qu'il opérera Claudio pour ses beaux yeux ? Pardon, pour sa belle voix ? Ma pauvre Laura, votre salaire d'une année n'y suffirait pas.

Il a un rire odieux. Je le déteste, lui et son gros ventre, ses grosses lunettes et sa grosse trouille. Car là est bien le problème. Il a la trouille. De la réaction de Claudio, de l'échec de la greffe. Il refuse d'affronter. On reste comme ça, on ne bouge pas, le petit se calmera.

« Le papa est parti », a dit Maria. Le papa de rechange ne fait pas mieux.

Comme si je n'avais pas peur, moi aussi.

— Vous avez raison, David. Si vous n'êtes pas derrière moi, je ne pourrai rien faire. Je n'ai pas d'argent.

Et j'en ai assez de ces larmes qui brûlent mes paupières alors que je voudrais taper du poing sur la table. Assez d'être la petite dont la voix ne porte pas assez loin.

Pas étonnant puisqu'elle est cassée !

— Pourquoi faites-vous ça, Laura ? demande l'agent d'une voix plus douce.

J'entends le cri de Claudio à l'opéra de Nice.

Gardien, la nuit va-t-elle s'achever ?

— Je ne supporte plus de le voir souffrir.

Je l'aime.

Et, bien sûr, c'est ce que David entend. Je le lis dans son regard. Une de plus à avoir succombé au charme du grand ténor... et à se faire des illusions sur son pouvoir.

Avant qu'il ne l'exprime, je le court-circuite.

— N'oubliez pas que je suis la petite sœur. C'est même vous qui me l'avez demandé.

Avec un soupir, il pose sa main sur la mienne.

— Bien ! Étudions la situation sans nous énerver. Imaginons que vous convainquiez Claudio – je n'y crois pas une seconde, mais imaginons. Et imaginons aussi que l'opération réussisse. Claudio retrouve la vue. Que se passe-t-il alors ? Y avez-vous pensé, Laura ? La situation redevient celle d'avant. Plus besoin de guide, une simple attachée de presse qui organise tout de Paris lui suffit. Une attachée de presse, pardonnez-moi, autrement plus qualifiée que vous. Résultat ? Vous le perdez.

— Comment osez-vous ?

J'ai crié. L'indignation me submerge. Voilà bien l'argument le plus ignoble, le plus dégueulasse que David pouvait employer pour m'obliger à renoncer.

— Vous osez penser que je laisserais Claudio dans son malheur pour ne pas perdre mon boulot ? Mais vous me prenez pour qui, monsieur !

Il détourne les yeux.

— Pardonnez-moi, murmure-t-il.

Il achève son café en silence. Il a honte et moi aussi. Pour lui. La sonnerie de mon portable, dans ma poche, nous fait sursauter tous les deux. Portable spécial Claudio, comme la belle carte de crédit dorée. Petit matériel de guide du ténor, tous frais remboursés.

— Excusez-moi.

Je me lève et m'éloigne de quelques pas.

— Pourquoi n'es-tu pas venue hier ? râle Claudio d'une voix enrouée. Qu'est-ce que tu foutais ?

— Je suis venue hier matin, Maria ne vous l'a pas dit ? Vous dormiez.

— Je n'ai pas dormi toute la journée.

— Vous avez eu David.

David qui, à la table voisine, n'en perd pas une miette ; il sait bien à qui je parle.

— Viens ! ordonne Claudio. Viens tout de suite. J'ai des choses à voir avec toi.

Je consulte ma montre : midi.

— Dans une demi-heure.

Je remets l'appareil dans ma poche. Si un jour je n'y sens plus ce poids, comme une respiration à la fois légère et lourde ; si un jour Claudio ne m'ordonne plus de venir, avec cette voix qui ressemble à sa main lorsqu'elle cherche mon épaule, cela voudra dire que j'aurai réussi.

Il n'aura plus besoin de moi.

Je reviens vers David.

— Hier, il était inquiet de ne pas vous avoir vue, m'apprend celui-ci. Il avait peur que vous ne lui en vouliez.

Je ris.

— Et de quoi pourrais-je lui en vouloir, grand Dieu ? D'être désespéré ?

Je récupère mon sac au pied de mon siège. Sac avec passeport en puissance.

— J'y vais, David, il m'attend.

— Et vous allez lui parler ?

— De ce pas.

— Si vous tenez absolument à vous faire mettre à la porte !

15.

De la cuisine montaient de savoureuses odeurs. On y entendait s'activer Maria. Sur une petite table, dans un coin du salon, deux couverts étaient dressés, une bouteille de vin ouverte.

Claudio était assis dans un fauteuil, face à son jardin bleu par le froid et le soleil. Il serrait son portable entre ses mains et cela m'a émue. Son lien avec la vie. Avec moi.

Pour l'avertir de mon arrivée, j'ai laissé tomber mon sac sur le sol. Il a tourné le visage dans ma direction.

— Laura ?

Je suis venue vers lui.

— Me voilà, Claudio.

Il portait une chemise bleu clair, sans cravate. Il n'était pas rasé.

— Maria a mis ton couvert. Tu déjeunes avec moi.

— À condition que le menu me plaise...

Son visage est resté fermé. J'ai tiré une chaise près de son fauteuil. Il n'a pas cherché ma main. La dernière fois, il l'avait prise de force pour la poser sur son sexe et ce geste était encore entre nous. À moi de l'effacer.

— Sale temps pour les oiseaux, ai-je remarqué. Chez moi, quand il fait froid comme ça, on suspend un bloc de saindoux à un arbre. Ça en sauve quelques-uns.

Maria est entrée dans une jolie blouse de couleur. Elle m'a adressé un sourire complice.

— Il y a de la sole meunière, a-t-elle annoncé.

Je lui ai rendu son sourire.

— Une Normande qui se respecte ne dit jamais non à une sole.

Nous sommes passés tout de suite à table. Le poisson était géant. Maria nous l'a préparé. J'aimais bien la regarder faire, elle me rappelait maman. Avec la sole, il y avait de tendres pommes de terre persillées. Elle nous a servi de vin puis elle s'est retirée.

— Où étais-tu quand je t'ai appelée ? a demandé Claudio.

— Au George-V avec David.

— Vous avez commencé à annuler mes engagements ?

— Pas encore. Mais nous avons parlé de vous.

Il a tâtonné à la recherche du pain. J'en ai approché un morceau de sa main.

— Toi, je ne t'annule pas, a-t-il déclaré avec rire. Tu continueras à venir ici.

Mon cœur s'est serré. « Il n'aura plus besoin de vous. » Si je ne parlais pas maintenant, je n'en aurais plus le courage.

— Vous ne voulez pas savoir ce que nous nous sommes dit avec David ?

Il a haussé les épaules sans répondre.

— En fait, nous nous sommes engueulés. Je suis

allée voir le professeur Leblond hier. Il me l'a reproché.

La fourchette de Claudio a tinté sur l'assiette.

— Le professeur Leblond ? Tu as des ennuis avec tes yeux ? a-t-il demandé d'une voix d'orage.

— J'ai de gros soucis avec les vôtres.

— Et qui t'a demandé de t'en occuper ?

— Personne. Je l'ai décidé toute seule.

Il s'est levé d'un mouvement brusque qui a fait trembler la table et a marché jusqu'au piano qu'il a heurté avant de s'y appuyer. J'avais du plomb dans la poitrine. Comment le laisser ainsi, David ? Comment ne pas tout tenter pour qu'un jour il marche sans tendre les mains en avant comme un mendiant de lumière ?

Je l'ai rejoint.

— Le professeur Leblond a un ami à New York qui pourra vous opérer dès que vous le voudrez. Il n'y a pas d'attente, là-bas, pour les greffes de cornée.

— Ignores-tu donc que je ne veux pas de cette greffe ?

Sa voix tremblait de colère. Il me fallait lui en dire le plus possible avant d'être mise à la porte, alors j'ai continué. Mon seul souci était d'empêcher ma voix de trembler.

— Quoi qu'il arrive, vous continuerez à voir un peu de lumière.

— Quelle lumière ? a-t-il crié. De quelle lumière parles-tu ?

Pour la plupart, la vision se calculait en dixièmes. Pour Claudio, c'était en quarantièmes, m'avait dit Leblond. Quelques quarantièmes...

— De toute façon, vous n'avez plus le choix, ai-je affirmé.

Il a eu un sursaut. Je le martyrisais.

— Comment cela : plus le choix ?

J'ai avancé la main et je l'ai appuyée sur sa poitrine. Il a sursauté quand je l'ai touché.

— Avec Alfredo prisonnier.

La stupeur l'a figé.

— Mais tu sais que tu m'emmerdes, toi ? a-t-il crié.

Il s'est éloigné du piano et il est allé vers la baie, me fuyant de son pas incertain, espérant m'échapper, mon pauvre amour. Je l'ai suivi. J'avais parlé d'Alfredo et j'étais toujours là !

Maria est apparue sur le seuil du salon. Elle nous a regardés, nous puis sa belle sole qui refroidissait dans les assiettes, et elle s'est retirée sur la pointe des pieds. Aidez-moi, Maria.

Claudio appuyait son front à la vitre. J'ai voulu prendre sa main, il m'a repoussée.

— Vous rappelez-vous votre promesse ? ai-je demandé.

Il a mis du temps à répondre. Peut-être s'en souvenait-il.

— Quelle promesse ?

— Un jour, vous m'avez reproché de ne jamais rien vous demander et vous m'avez promis de me donner ce que je voudrais, la lune au besoin. Je vous la demande aujourd'hui. Je vous demande de venir avec moi à New York pour y être opéré par le Dr Miller.

Il a tourné vers moi un visage stupéfait.

— Mais tu te prends pour qui, petite ?

— Je crois aux promesses, c'est tout. Je vous demande de tenir la vôtre.

C'était absurde, enfantin, nul, risible. La lune ! Mais en attendant il ne m'avait toujours pas mise à la porte.

— Eh bien, c'est non.

— Dans ce cas, je ne pourrai plus m'occuper de vous, Claudio. Je ne pourrai pas rester avec quelqu'un en qui je n'aurai plus confiance.

Était-ce bien moi qui prononçais ces paroles ? Elles me sidéraient moi-même. Pensais-je, dans mon immense orgueil, que j'étais indispensable à cet homme ? Espérais-je qu'il allait se jeter à mes pieds : « Reste, je ne veux pas te perdre. »

— Du chantage, maintenant... a-t-il soufflé. Tu me fais du chantage, moineau des champs ?

— Je veux que vous vous laissiez opérer. Je sais que vous reverrez.

— Et qui te l'a dit ? la lune ? les astres ?

— Le professeur Leblond. Il y croit aussi fort que moi.

J'en rajoutais un peu, tant pis ! S'il l'avait fallu, j'aurais juré sur ma vie.

— Appelez-le si vous ne me croyez pas, ai-je ajouté avec défi.

C'est alors qu'il a ri.

Je connaissais chacun des rires de Claudio. C'étaient le plus souvent des rires de révolte ou de désespoir, parfois méchants, rarement de joie ou de plaisir. Dans ce rire, j'ai entendu quelque chose d'inouï et de terrifiant, comme un frémissement, une hésitation, une fêlure, une interrogation. L'espoir s'y faisait route. J'avais réussi à entrouvrir la porte.

J'ai pris sa main et je l'ai portée à mes lèvres.

— Permettez-moi de faire le chemin avec vous, Claudio. Je ne vous quitterai pas un instant. Je resterai avec vous jusqu'au bout.

Il s'est dégagé.

— Laisse-moi, a-t-il dit avec douceur. Je t'en prie, va-t'en.

16.

Il a appelé David pour exiger qu'on lui fiche la paix. J'étais incluse dans le « on ». Il n'ouvrirait sa porte à personne et il était inutile d'essayer de le joindre, il ne répondrait pas. Au besoin, il décrocherait son téléphone.

— Je vous avais avertie, a triomphé sombrement David.

À Monique, mon assistante, nous avons dit qu'il avait une forte grippe accompagnée de fièvre. Elle devait décommander tous les rendez-vous et déplacements de Claudio jusqu'à nouvel ordre et rester à l'Agence pour répondre aux appels et nous les transmettre.

En aucun cas, la presse ne devait apprendre que Claudio avait décidé d'abandonner le chant. Un seul journaliste au courant et on en parlerait partout. Son hôtel particulier serait assiégé. Maria, la seule dont il supportait encore la présence, a été chargée de veiller au grain et de noter les messages laissés sur répondeur.

Je ne vivais plus, passant de l'espoir au désespoir.

L'espoir.

« Une chaîne de montagnes à lui seul », avait dit le professeur Leblond. Il fallait lui laisser le temps de réfléchir. Comment imaginer qu'il puisse se décider sur-le-champ ? J'entendais le frémissement dans son rire. La douceur avec laquelle il m'avait demandé de partir indiquait qu'il ne m'en voulait pas. Il appellerait. Je gardais dans ma poche la carte du médecin à côté de mon portable.

Le désespoir.

Sa décision était prise : non à la greffe. Non à mon ridicule chantage. Il m'annulerait avec le reste. David lui trouverait quelqu'un d'autre. Je l'aurais perdu pour rien.

L'idée qu'il souffrait seul, la peur d'un « geste irréparable », comme on dit, me torturait. J'ai failli dix fois courir chez lui pour lui demander pardon, le supplier de me reprendre.

Le moineau des champs avait les ailes coupées.

Mercredi, je suis passée voir Monique à l'Agence. Elle avait eu deux appels d'Hélène Reigner, inquiète de ne pouvoir joindre Claudio chez lui. Suivant la consigne, Monique avait répondu qu'il était souffrant et ne recevait personne pour l'instant.

Jeudi matin, je suis allée voir où en était mon passeport (quand elle a quelque chose dans la tête, celle-là...). On me l'a promis pour le lendemain. Puis j'ai conduit jusqu'aux quais où j'ai acheté une petite maison de bois à suspendre à un arbre, garnie d'un bloc de saindoux pour oiseaux en difficulté. Enfin, à un éventaire sur ces mêmes quais, mais de l'autre côté de la Seine, je me suis offert *La Dame aux camélias*.

Histoire de me changer les idées !

Il est trois heures. J'ai grignoté dans mon perchoir un morceau de fromage et croqué une pomme. Il neige. Tout en regardant les flocons tourbillonner, je feuillette l'histoire d'Arnaud et de Marguerite, devenus pour l'opéra Alfredo et Violetta.

« Toi qui crois à l'amour, Violetta EST l'amour », a crié Claudio l'autre nuit dans son jardin.

Faire croire à l'homme pour qui l'on vit corps et âme qu'on ne l'aime plus afin de le libérer, est-ce l'amour ? L'amour demande-t-il un tel sacrifice ?

On sonne.

C'est probablement mon voisin, un vieux monsieur très gentil, très seul, et parfois un peu encombrant, dont je n'ose refuser toutes les visites. Il a dû m'entendre rentrer et tente sa chance. Je vais ouvrir sans entrain.

Claudio se tient devant moi.

Un peu en retrait, son chauffeur m'adresse des signes, m'indiquant qu'il n'a pu empêcher son maître de monter. Cet homme d'une cinquantaine d'années, pro et stylé, doit se demander dans quel coupe-gorge il a été entraîné. Sans compter les six étages à pied.

Je trouve la force de bredouiller :

— Allez-y, Jean-Pierre. Je raccompagnerai M. Roman chez lui.

Il ne se fait pas prier et descend certainement plus vite qu'il n'est monté.

Pas un mot de Claudio.

Ma porte refermée, je l'aide à retirer son manteau et le suspends au perroquet qui supporte déjà une grande partie de mes vêtements. J'ai la tête qui tourne. Je ne sais pas si c'est le bonheur.

Le visage en avant, les narines palpitantes, mon visiteur attend que je le guide, comme lorsqu'en voyage nous arrivons dans un lieu inconnu. Je lui présente mon épaule. Il s'en saisit. Nous avançons de quelques pas.

— Je n'ai qu'une seule pièce qui doit faire à peu près le tiers de votre salon, dis-je. Inclus la kitchenette et le coin douche. Les fenêtres sont mansardées et donnent sur la rue. En fait, on a fabriqué un studio en réunissant deux chambres de bonne.

Nous faisons quelques pas de plus.

— Là, il y a ma table de travail : une planche sur tréteaux. Dessus, un fouillis noir. D'après maman, je suis plutôt bordélique comme fille. Des livres, des papiers que j'attends toujours demain pour classer, des cassettes, des CD et l'appareil pour les passer. Il se trouve que, depuis quelque temps, j'écoute beaucoup de musique classique, spécialement du chant. J'ai fait de gros progrès en la matière.

Le visage de Claudio s'est un peu détendu, mais toujours pas un mot. Sa main parcourt la table, provoquant l'effondrement d'une pile de cassettes. Je ris. Il sourit. S'il pouvait voir, il découvrirait sa photo dans mon fouillis. Un très beau portrait, pris à la campagne, je ne saurai jamais où.

Le soleil joue avec l'ombre sur son visage. Il porte ses lunettes noires. Nul ne pourrait deviner qu'il est aveugle. Même moi qui, parfois, imagine qu'il me regarde.

Rien d'étonnant à ce qu'une attachée de presse ait chez elle la photo de celui dont elle s'occupe, me direz-vous. Sinon que cette photo, je l'ai volée pour mon usage personnel et placée dans mon « coin normand », au cœur de la famille. Il y est bien. N'aime-t-il pas que je lui parle des miens ? Nous le détendons : pain et musique.

— Et ça, c'est pour vous !

Je place dans sa main mon achat du matin.

— C'est une maison pour les oiseaux. Le toit est rouge, les murs jaunes et l'intérieur blanc. Je vais y mettre un bloc de saindoux et je le suspendrai à une branche basse de votre sapin, sur la pelouse. J'en connais qui vont se régaler.

Ses doigts parcourent la maison, se glissent à l'intérieur. Il la porte à ses narines et respire l'odeur du bois peint, puis la repose sur la table. Toujours le silence. Moi, tant que je parle, je tiens debout. Mon espoir est si lourd qu'il ne demande qu'à s'échapper et à se briser.

— Sous la table, il y a deux tabourets que je sors pour mes réceptions. À part ça, comme autre meuble, juste le divan qui me sert de lit. J'y dors à l'aise : l'avantage d'être un petit format. Et, dans la journée, trois gros coussins et le voilà canapé.

Arnaud et Marguerite – Alfredo et Violetta pour l'opéra – se déchirent à la page du livre que j'ai laissé ouvert quand Claudio a sonné. Je le referme et le pose sur la table. Nous arrivons à la fin de la visite. À moins de lui détailler mes casseroles ; et je n'en ai que deux.

— Une dernière chose. Au mur, il y a un tableau que j'aime beaucoup. Il représente un arbre très fin, très fragile, qui semble vouloir toucher le ciel. Il s'élève au-dessus d'un bouquet de bons gros arbres ronds et touffus, comme des notables repus. Ce tableau s'appelle *Les Grandes Espérances*. Il est de Magritte.

— Je le connais, dit Claudio. Cet arbre qui veut toucher le ciel, c'est celui sur lequel tu te perches. *Les Grandes Espérances*, il porte bien son nom.

Un vent balaie ma poitrine, je respire enfin. Les

premières paroles de Claudio, et quelles paroles !
J'enfonce mes ongles dans ma paume pour m'empêcher de pleurer. J'ai eu si peur de t'avoir perdu !

Il prend ma main et m'entraîne sur le divan.

— Maintenant, parle-moi de ce voyage à New
York, ordonne-t-il.

17

— Alors ça y est ? Vous l'avez décidé ? demande la voix joyeuse du professeur Leblond.

Pour appeler le médecin, je n'ai pas attendu d'être rentrée chez moi après avoir raccompagné Claudio. Je le fais de ma voiture, les yeux sur les fenêtres éclairées de l'hôtel particulier où je l'ai laissé aux soins maternels de Maria.

— Je pense, oui. Mais il veut partir tout de suite, maintenant ! C'est exactement ce que vous m'aviez dit, docteur. Cette greffe, il la veut et elle lui fait peur. Il va vous appeler. S'il vous plaît, soutenez-moi.

Ma voix chevrote. Je ne peux croire que j'aie réussi.

— Calmez-vous, calmez-vous, mademoiselle la sœur, ordonne le médecin. Croyez-vous que je vais le décourager ? Et voyez comme je vous fais confiance : après votre visite, lundi, j'ai appelé mon ami Miller. Il est prêt à s'occuper de Claudio dès qu'il arrivera à New York.

— Vous... vous voulez dire qu'il est prêt à l'opérer tout de suite ?

— En tout cas très vite. Je lui ai expliqué la situation. Et n'oubliez pas qu'il est l'un des fans de notre chanteur. Il m'a affirmé que lui redonner la vue, la voix, serait un honneur pour lui. Je vais lui mailer le dossier dès maintenant. Il n'est que trois heures de l'après-midi, là-bas. À propos, connaissez-vous New York ?

— Je ne suis jamais allée en Amérique.

Il me semble voir sourire le médecin.

— J'en avais l'intuition, figurez-vous. Si vous êtes d'accord, je vais me mettre en relation avec M. May. Nous nous sommes déjà rencontrés. D'après mes souvenirs, c'est un homme... redoutablement efficace. Il vous organisera tout ça.

« Qui paiera ? »

Puisque Claudio est partant, David ne pourra pas refuser.

— Et tenez-moi au courant, surtout. Vous avez fait le plus dur. Bravo !

David a appelé vers huit heures ce même soir. Il n'y est pas allé par quatre chemins et sa voix était sèche, incrédule, inquiète aussi.

— Je suis chez Claudio. J'apprends que vous êtes arrivée à vos fins. Avez-vous votre passeport ?

— Je l'aurai demain matin.

— Alors préparez-vous à partir lundi.

Lundi ? Avant que j'aie pu reprendre mon souffle, il m'a donné rendez-vous pour le déjeuner du lendemain.

C'est le restaurant, sur les Champs-Élysées, où, en octobre dernier, David m'avait demandé si je voulais bien être la petite sœur de Claudio. Lorsque j'arrive,

111

passeport en poche, il n'est pas encore là. Tant mieux ! Cela me permettra de me poser un peu. Depuis hier, je flotte. Une nuit blanche n'a rien arrangé.

Le maître d'hôtel me conduit à la table que nous occupions ce jour d'automne-là. Il faisait beau, c'était comme un sursis. En cette veille de printemps, il fait beau aussi et c'est comme un espoir.

Je me souviens de tout : ces nappes immaculées, ce ballet de serveurs, et, de l'autre côté de la baie, cette verdure et ces fleurs. Cette impression surtout d'être, pour un moment, à l'abri de la marche du monde.

C'est moi que je ne reconnais plus.

Où ai-je trouvé la force, le culot, de convaincre le grand ténor, confié à mes soins par David, de se faire opérer ? Comment y suis-je parvenue ? Et ai-je jamais cru « arriver à mes fins », comme l'a dit hier son agent ?

J'ai mis Claudio au pied du mur, il l'a sauté, et voilà que c'est moi qui reste en rade, tétanisée par le mini-séisme que j'ai déclenché.

« Préparez-vous à partir lundi. »

Une chance sur deux de réussite.

— Pardonnez mon retard, Laura, j'ai eu beaucoup à faire.

Le visage fermé, David s'installe en face de moi. Il repousse le menu que lui présente le maître d'hôtel, m'interroge du regard.

— Fruits de mer ?

J'acquiesce.

— Et un whisky-Perrier tout de suite. Quelque chose pour vous aussi, Laura ?

— Non, merci.

Le garçon s'éloigne. David ouvre son attaché-case, en sort une pochette Air France et la pose devant moi.

— Votre Concorde décollera de Roissy lundi à dix heures et demie. Vous arriverez à Kennedy Airport à huit heures du matin, heure locale.

Sa voix claque, le visage est sévère. Sans pitié, il continue.

— J'ai réservé une suite au Pierre. Pardon, à l'hôtel Pierre, je ne pense pas que vous connaissiez. C'est là que Claudio a l'habitude de descendre lorsqu'il va à New York. Au moins, il sera en terrain connu. Je viens d'avoir votre Dr Miller à l'appareil. Claudio devrait entrer à la clinique Bel Air dès mardi et y être opéré mercredi. Cela vous sera confirmé à votre arrivée.

Il s'interrompt quelques secondes.

— Vous êtes satisfaite ? C'est bien ce que vous vouliez ?

Le garçon pose sa boisson devant lui, y ajoute de l'eau gazeuse puis s'éloigne. David attend ma réponse. J'étouffe.

— Alors ? insiste-t-il méchamment.

Alors, sous ses yeux incrédules, j'attrape son verre et avale deux grosses gorgées de son whisky. C'est ma réponse.

De toute façon, je suis incapable de parler.

Et le voilà qui éclate de rire. Puis il rappelle le garçon, commande un autre whisky et, lorsque celui-ci est devant lui, il heurte son verre au mien.

— À la première femme qui me fait marcher sur la tête.

Le pouvoir d'un rire ! Celui de David a nettoyé le paysage. Sans que je le lui demande, et avec un certain

113

humour, il m'a raconté sa soirée mouvementée de la veille.

Pour commencer, un ultimatum de Claudio lui enjoignant de venir le voir toutes affaires cessantes à Neuilly. Dans la voiture qui l'y emmenait, le coup de fil du Dr Leblond lui apprenant la décision du chanteur. Et plus tard, alors qu'il se trouvait avec celui-ci, un appel du Dr Miller : le dossier était parvenu à New York. Il s'occuperait volontiers du grand ténor.

Tandis que David me contait l'épopée, le plateau de fruits de mer était arrivé : huîtres et oursins pour lui, langoustines et tourteau pour la Normande. Pas de vin blanc, merci. Ça allait bien avec le whisky.

Ça allait bien !

— Comment avez-vous fait pour le convaincre, Laura ?

Il n'y avait plus d'agressivité dans le regard de David mais toujours la même incrédulité.

Je n'allais quand même pas lui parler de la lune !

— Au fond de lui, Claudio savait qu'il devait tenter cette greffe. Il n'attendait que quelqu'un pour l'y pousser. Peut-être s'était-on résigné un peu vite.

David a hoché la tête et dégusté quelques huîtres en silence.

— Il a averti sa mère ; elle arrive demain, m'a-t-il appris.

Cela n'avait pas l'air de lui faire plaisir.

— Et son père ? Il l'a averti lui aussi ?

— Cela m'étonnerait qu'il le fasse.

— Que s'est-il passé entre eux, David ?

Le malheureux agent a soupiré : incorrigible, décidément, Laura, avec ses questions !

— Depuis l'accident, la mère vit dans le deuil des yeux de son fils. Le père tente de survivre... ailleurs.

Son métier lui permet de voyager beaucoup, ce qui lui facilite les choses. Ce genre de drame peut souder un couple comme le détruire. Il a détruit celui-ci.

— Claudio en souffre ?

— Il se sent coupable de la séparation. Il ne veut plus voir son père.

— Mon Dieu, le pauvre !

David a levé les sourcils.

— Vous parlez du père ?

— C'est une espèce que j'aime bien. En êtes-vous un, David ?

— Ni père, ni mari, ni fils : l'aventurier pur et dur.

J'ai ri. Ce gros bonhomme à lunettes, dégustant ses huîtres le petit doigt levé, avait l'air de tout sauf d'un aventurier.

— Quant à vous, Laura, si j'avais pu prévoir qui vous étiez en allant vous chercher à l'Agence...

— Vous seriez reparti en courant ?

— Ça, je peux vous l'assurer ! Il a observé un bref silence : Et sans doute aurais-je eu tort, a-t-il concédé d'une voix plus rocailleuse que jamais.

Un élan d'amitié m'a poussée vers lui : ainsi, il approuvait ma démarche ? Et peut-être même commençait-il à y croire ? Nous devions tous y croire pour aider Claudio.

Claudio reverrait.

— Merci, David.

Des côtes d'agneau ont succédé aux fruits de mer. Toutes les tables s'étaient remplies sans que je m'en avise. Les serveurs glissaient de l'une à l'autre, les voix étaient feutrées, les visages souriants. Je me sentais bien. Moi, la petite, habituée des cafés et autres bistrots de quartier, j'avais appris ces derniers mois à apprécier ce genre d'endroit. Et, à l'idée que je ne reviendrais peut-être jamais ici, mon cœur s'est serré.

« Il n'aura plus besoin de vous. »

— J'ai quelque chose à vous demander, a dit David alors que nous prenions nos cafés, accompagnés d'une assiette de petits fours à rendre jaloux le boulanger-pâtissier de Villedoye. Pourrez-vous dormir à Neuilly dimanche soir ? Il vous faudra être à Roissy dès neuf heures, lundi. Comme vous le savez, Claudio n'est pas précisément un lève-tôt. Avec vous sur place, je serai plus tranquille.

— Sa mère ne sera pas là ?

Son visage s'est à nouveau assombri.

— J'ai convaincu Mme Roman de repartir dimanche pour Bordeaux. Vous prendrez le relais, si vous voulez bien.

— C'est d'accord. Avec armes et bagages.

Dimanche. Après-demain ? À nouveau l'angoisse m'a étreinte. Quelles armes, Laura ? Je me suis penchée vers mon aventurier.

— David, venez avec nous, s'il vous plaît. Cela changerait tout pour moi. Je crois... que j'ai un peu peur.

Il n'a pas répondu. Pour la première fois, j'avais osé avouer mes doutes. Parce que je n'avais plus rien à craindre de lui ?

Il a eu un sourire d'amitié mais son refus a été sans appel.

— Je n'ai pas votre foi, Laura. Et Claudio sent tout. Je risquerais de lui faire perdre la belle confiance que vous avez su lui donner. Je me contenterai de vous accompagner jusqu'à Roissy.

18.

J'accrochais ma maison aux oiseaux à la branche basse du sapin, sur la pelouse, lorsqu'une femme d'une soixantaine d'années, un manteau de fourrure jeté sur les épaules, est apparue à l'entrée de l'hôtel particulier.

— Mais que faites-vous ? m'a-t-elle lancé. Et d'abord, qui êtes-vous ?

J'ai placé le bloc de saindoux dans la maison puis j'ai récupéré mon sac de voyage que j'avais laissé dans l'allée et j'ai rejoint la mère de Claudio en haut des marches du perron.

— Je suis Laura Vincent.

Elle ne m'a pas tendu la main. Elle me regardait de la tête aux pieds d'un air incrédule. Visiblement, elle ne m'avait pas imaginée ainsi.

C'était une longue femme mince qui avait dû être belle au temps du bonheur. Aujourd'hui, son visage était dévasté. Il m'a fait penser à ces visages de Vierge, le Christ mort sur leurs genoux : une pietà.

— Et ça, qu'est-ce que c'est ? a-t-elle demandé en désignant la maisonnette.

117

— C'est pour les oiseaux : un cadeau promis à Claudio.

— Mais il ne pourra pas le voir !

— J'espère que si, madame.

Elle m'a tourné le dos.

— On gèle ! Rentrons.

Je suis entrée avec elle dans la maison. J'en possède une clé. Une autre est cachée en bas des marches du perron au cas où Claudio aurait oublié la sienne. Sa mère connaissait-elle la cachette ?

La porte du salon était fermée. On n'y entendait aucun bruit. La valise de Mme Roman était prête dans le hall. Elle a plié sa fourrure dessus : de longs poils gris-blanc de loup. J'ai retiré mon anorak. Anorak, boots... David m'avait appelée ce matin pour m'avertir qu'il faisait très froid à New York et que je devais prévoir des vêtements chauds. Il ne me manquait que le bonnet de laine pour le ski.

— Mon taxi vient me prendre d'ici à une vingtaine de minutes. Je vais vous montrer votre chambre, a décidé la mère de Claudio.

Elle m'a précédée dans l'escalier. Elle, portait des talons hauts et un élégant tailleur. Je connaissais la chambre : claire, spacieuse, possédant sa propre salle de bains. De jolis draps fleuris garnissaient le lit. Le petit bouquet de marguerites ne pouvait venir que de Maria. Les deux fenêtres donnaient sur le jardin. J'ai repéré ma maisonnette à la branche du sapin. Bien sûr, attendre mars pour penser à sauver des oiseaux, c'était plutôt tardif, mais elle servirait l'an prochain.

Serais-je encore là pour en profiter ?

J'ai posé mon sac sur une chaise. Mme Roman m'avait suivie.

— Claudio se repose, m'a-t-elle appris. Il a

demandé qu'on ne le dérange pas. D'ailleurs, nous nous sommes déjà fait nos adieux.

Elle a tournicoté un peu dans la chambre avant de revenir vers moi.

— Et quand l'opération aura-t-elle lieu ?

— Sans doute dès mercredi : cela nous sera confirmé à notre arrivée.

Elle a hoché la tête, les lèvres crispées. Savait-elle que c'était moi qui avais emporté la décision de son fils ? M'en voulait-elle ? « Il ne pourra pas le voir », venait-elle de dire de mon cadeau. Elle n'y croyait pas, et sa nervosité emplissait la pièce d'ondes mauvaises. Je comprenais pourquoi David n'avait pas souhaité qu'elle reste trop longtemps. Je comprenais aussi la décision du père d'aller respirer ailleurs.

— J'aurais voulu l'accompagner là-bas mais il a refusé, a-t-elle déploré d'un ton aigre. Il a même refusé que je l'aide à préparer sa valise. Il a dit que vous aviez l'habitude.

— Nous avons en effet pas mal voyagé ensemble ces derniers temps, ai-je répondu.

À nouveau, elle m'a regardée comme si elle ne comprenait pas comment j'avais pu être choisie pour m'occuper de son fils.

J'ai quitté la chambre d'autorité. J'avais hâte qu'elle débarrasse le plancher. Elle m'a talonnée.

— Je dois vous dire que j'ai appelé son père, a-t-elle annoncé avec défi tandis que nous descendions l'escalier. J'ai jugé que, malgré tout, il avait le droit d'être mis au courant.

Malgré sa fuite ? sa lâcheté ?

En avait-elle parlé à Claudio ? Dans quel état allais-je le trouver ?

Nous arrivions dans le hall quand on a sonné à la grille.

— C'est le taxi, a dit une voix masculine dans l'Interphone.

Mme Roman avait déjà enfilé son manteau. Elle a pris sa valise.

— Voulez-vous que je vous aide ?

— Ça ira, a-t-elle répondu sèchement. Au revoir, mademoiselle.

Je l'ai regardée traverser le jardin. Ce n'était pas ça, une mère ! Devant la douleur de son enfant, une mère ouvre grands ses bras. Elle serrait la sienne contre sa poitrine comme un bien précieux.

J'ai refermé la porte avec soulagement.

Claudio est apparu en haut de l'escalier.

— Appeler mon père... a-t-il grondé. Mais de quoi elle se mêle, celle-là ?

L'un de mes plus chers trésors de fillette était les poupées russes qu'Agathe m'avait offertes pour Noël. La plus petite, bien cachée, bien protégée, c'était moi.

Chez Serguéï, le restaurant où David nous avait invités en cette veille de départ, les matriochkas étaient à l'honneur, de toutes tailles et avec des décorations variées.

L'endroit ressemblait à une isba de luxe. Il y régnait une atmosphère à la fois joyeuse et intime. Les murs de bois étaient couverts de tableaux, les bouquets de chandelles sur les tables composaient l'unique éclairage, un groupe de musiciens en blouses rouges, pantalons noirs et bottes de cuir promenaient leurs violons de convive en convive.

C'était Claudio qui avait choisi cet endroit. Pour moi.

120

— As-tu déjà mangé du caviar, Laura ?

— Rien que du faux.

— Eh bien, pour le vrai, ce sera ce soir ou jamais.

Nous en avions une pleine coupelle, logée dans un nid de glace : du caviar « à la louche », le luxe suprême, paraît-il.

Les grains étaient gris et onctueux, ils avaient un goût de mer lointaine, d'aventure. J'aimais bien... sans plus. Jamais je n'aurais osé avouer que je préférais mes crevettes locales, pêchées du jour et servies tièdes avec un petit blanc frais. C'est que, chez nous, les crevettes sont toujours signe de fête, alors, forcément, j'étais partiale.

Car, à notre table, c'était loin d'être la fête.

Sitôt arrivé, Claudio avait commandé une bouteille de vodka et il en abusait. Le regard de David cherchait à me rassurer. Je le détestais d'avoir refusé de m'accompagner dans l'épreuve.

Demain, à cette heure-ci, la plus petite des poupées russes serait à New York.

Avec de grands rires, Claudio s'amusait à broder autour du mot « voir ». « Aller se faire voir »... « En voir de toutes les couleurs »... « Voir venir »...

Pourquoi pas « voyez comme on danse » ?

Je ne saurais dire le nom des plats qui nous sont venus après le caviar. Je me souviens des trois violonistes qui nous ont soudain entourés. Claudio s'est levé et il a chanté. Il a chanté ces chansons russes et tziganes pleines de nostalgie, d'amour et d'entrain, qui à la fois vous font le cœur gros et vous donnent envie de battre des mains, qui vous donnent envie d'applaudir malgré tout à la vie.

Il chantait comme si c'était la dernière fois, ce soir ou jamais, et sa voix semblait sourdre des profondeurs de la terre qui nous porte et de l'espoir qui parfois nous emporte.

La salle retenait son souffle, les serveurs ne servaient plus, son nom courait de table en table.

Je me souviens d'avoir vu David se détourner pour pleurer.

Le fidèle Jean-Pierre nous attendait à la porte du restaurant. Le trajet jusqu'à Neuilly s'est fait dans un silence de plomb. Ivre, Claudio divaguait. Nous avons dû nous mettre à trois pour le sortir de la voiture, l'aider à traverser le jardin à la maisonnette et monter jusqu'à sa chambre. Nous l'avons mis au lit. Tant pis pour la toilette.

Je me souviens qu'avant de sombrer il a tendu le doigt vers moi et a dit d'une voix pâteuse, à vous dégoûter d'aimer :

— Tout ça par la faute de cette petite conne.

Et j'ai eu honte à cause du chauffeur.

19.

Lorsque nous avons dépassé la vitesse du son, au-dessus de l'Atlantique, à peine si on l'a senti. Un bourdonnement profond et régulier parcourt les entrailles du bel oiseau, une musique douce nous enveloppe d'un voile protecteur, les hôtesses sont aux petits soins. Moi, Laura, je vole en Concorde.

À Roissy, après nous avoir débarrassés de nos bagages et vêtements d'extérieur, nous avons été reçus dans un salon princier où l'on nous a offert de délicates nourritures et des boissons variées. De nombreux passagers se connaissaient : un petit monde d'habitués.

Un bel homme d'une cinquantaine d'années, accompagné d'une jeune femme éblouissante, est venu saluer Claudio.

— Cher ami, j'ignorais que vous alliez chanter à New York.

— C'est juste un voyage d'agrément, a répondu ce dernier.

Il n'a pas jugé utile de me présenter.

Avant de nous quitter, David avait glissé dans ma main un petit paquet-cadeau. J'ai attendu le décollage pour l'ouvrir. C'est une montre à plusieurs cadrans : sur l'un l'heure française, sur l'autre l'américaine. Il est onze heures à Paris, cinq heures du matin à New York.

Je l'ai mise à mon poignet afin d'obliger David à nous accompagner malgré lui.

Je n'ai pas souvent pris l'avion et jamais pour aller si loin. J'imaginais le Concorde vaste, il est étroit : une fusée. Peu de place pour les longues jambes de mon chanteur. Sous ses lunettes noires, il garde les yeux fermés. Il ne m'a pratiquement pas adressé la parole depuis le réveil et n'a accepté qu'un café avant de quitter Neuilly alors que Maria, venue tout exprès aux aurores, lui avait apporté une baguette si chaude qu'elle brûlait les doigts.

« Cette petite conne »...

Il m'en veut. Sans doute, à cet instant où la peur l'emporte sur l'espoir, me déteste-t-il. Et s'il se ravisait au dernier moment ? S'il refusait d'entrer à la clinique ?

Ma terreur !

« Vous avez fait le plus dur », a dit Leblond. Il se trompait : le plus dur, c'est maintenant.

Il a refusé la coupe de champagne et le plateau-repas. J'ai tout accepté et mangé, avec trop de honte pour en profiter, la salade de homard, l'agneau de lait, le parfait au chocolat.

Nous serons attendus à l'aéroport et conduits à notre hôtel. L'hôtel Pierre et la clinique Bel Air se trouvent dans la même avenue, la Cinquième. Mais à plusieurs kilomètres de distance. Inutile d'espérer y aller à pied.

J'ai soigneusement étudié le plan de la ville. C'est devenu une manie chez moi : me familiariser avec les endroits où j'accompagne Claudio au cas où, comme à Auxerre, il voudrait visiter.

Pour la visite de New York, à mon avis, c'est râpé.

En attendant, je serre contre ma poitrine mon très précieux sac. Passeports, cartes de crédit, portable, diverses adresses et numéros de téléphone : en quelque sorte, mon matériel de survie.

Et, lorsque je me penche vers les hublots pour admirer le paysage, le souffle me manque : oui, la terre est bien ronde. Notre fusée vole si haut que je peux constater que Galilée ne s'était pas trompé.

Au sortir de l'avion, une hôtesse nous attendait avec un fauteuil roulant. Lorsqu'elle a voulu y installer son passager, j'ai cru qu'il allait l'étrangler. Faute de mieux, elle y a placé nos bagages à main.

La douane passée, un chauffeur a pris le relais, un Noir plein d'attentions, vêtu comme un prince. Il faisait moins huit degrés, David avait eu raison de nous mettre en garde. Moi, dans mon anorak, et Claudio, dans sa canadienne fourrée sur un pull de grosse laine, nous étions tous les deux bons pour les sports d'hiver.

De même que la température, tout m'a semblé multiplié par dix dans le Nouveau Monde : la taille des voitures, les autoroutes, les publicités, les immeubles et jusqu'à l'air que l'on respirait.

L'hôtel Pierre donnait sur Central Park. Le long du trottoir, une rangée de fiacres, attelés à des chevaux dont les naseaux fumaient, attendait le client. Un bagagiste s'est précipité sur le coffre de la limousine. Un portier en livrée, casquette galonnée et gants blancs, a fait tourner pour nous la large porte-tambour.

Il n'y avait pas que la porte qui tournait : la tête de la « petite » aussi.

Un homme traversait le hall, venant à notre rencontre. Il a posé la main sur l'épaule de Claudio.

— Monsieur Roman, bienvenue *at home*. Avez-vous fait bon voyage ? Savez-vous que votre père nous a honorés récemment de sa visite ?

Il s'est tourné vers moi.

— Mademoiselle Vincent, n'est-ce pas ? m'a-t-il saluée avec un sourire chaleureux.

Et j'ai été honorée que le directeur de l'hôtel ait retenu mon nom.

Claudio occuperait sa suite habituelle, au dix-septième étage. Deux messages étaient arrivés pour lui hier, que le réceptionniste lui a remis dans une enveloppe. Puis nous avons été conduits à nos appartements où nos bagages avaient déjà été montés.

Deux chambres, avec chacune sa salle de bains, donnaient de part et d'autre d'un salon spacieux où une corbeille de fruits et un gros bouquet de roses nous attendaient. Par la baie, on apercevait le parc vêtu de givre, comme protégé par la ville dressée. Le ciel était d'un bleu sans faille : un spectacle féerique. J'aurais tant voulu être heureuse pour en profiter.

De loin en loin retentissaient des sirènes. J'ignorais encore qu'elles faisaient partie de la musique de la ville.

Sans aide aucune, Claudio a marché jusqu'à un fauteuil où il a jeté sa canadienne. Lorsque nous nous sommes retrouvés seuls, il m'a tendu l'enveloppe.

— Lis-moi les messages.

126

L'un était du professeur Miller. Il espérait que nous avions fait bon voyage et nous souhaitait la bienvenue à New York. Il attendait notre appel.

Le second était un fax de M. Jean Roman à l'attention de son fils. Cinq mots : « Je pense fort à toi. » Et son numéro de portable.

— Appelle Miller, a ordonné Claudio.

— Voudrez-vous lui parler ?

— Ce n'est pas moi qui ai tout organisé, que je sache...

Il ne m'avait pas traitée de « petite conne », c'était déjà ça. J'ai mis le haut-parleur et formé le numéro indiqué sur le message. J'ai eu très vite le médecin.

— Mademoiselle Vincent, je suis heureux de vous entendre !

Comme le directeur de l'hôtel, il parlait un français parfait. Sa voix était jeune et enthousiaste. J'ai pensé : « La voix d'un gagnant. » Debout face à la baie, le visage tendu vers le paysage, Claudio semblait chercher à le respirer.

Le Dr Miller a confirmé le rendez-vous du lendemain : avant onze heures à sa clinique. Claudio serait opéré mercredi matin.

— Dites-lui qu'un superbe greffon l'attend, a-t-il conclu avec chaleur. Tout ira bien.

Nul doute que les états d'âme de son futur patient lui avaient été communiqués par le professeur Leblond en même temps que son dossier.

J'ai bafouillé quelques remerciements avant de raccrocher. J'avais du sourire au cœur : un superbe greffon. Comme il avait dit ça ! Avec quelle foi !

J'ai rejoint Claudio près de la baie.

— Vous avez entendu ?

Il n'a pas répondu. Il avait les yeux fermés, un visage douloureux. Bien sûr, il avait entendu. L'espoir forçait la peur. Et j'aurais voulu qu'il soit mon enfant pour pouvoir le prendre dans mes bras et lui garantir la lune. Et qu'il y croie !

— Quelle heure est-il ? a-t-il demandé.

— Un peu plus de onze heures.

Onze heures quinze à New York. Déjà la fin d'après-midi à Paris.

— Voulez-vous que je vous prépare un fruit ? ai-je proposé. Il y en a de toutes sortes dans une corbeille et vous n'avez rien pris depuis hier.

Le vrai caviar...

— Emmène-moi plutôt dans ma chambre. Je vais me reposer.

Je l'ai mené à celle où l'on avait porté son bagage. Le lit était immense, il y est tombé sans me laisser le temps de retirer le dessus en satin doré. Je n'ai pas osé le déchausser.

Comme j'ouvrais sa valise pour la défaire, il m'a arrêtée. Il entendait tout.

— Plus tard.

J'ai traversé le salon et je suis passée dans la seconde chambre, identique à la sienne, en laissant toutes les portes ouvertes au cas où il m'appellerait.

Il y avait une bouteille d'eau sur la table. J'ai bu au goulot avec avidité. Ma tête était pleine de brouillard. Je me sentais comme en dehors de moi-même, déconnectée. Le Concorde avait atterri. Sans moi.

Demain, onze heures...

Un superbe greffon.

Tiendrais-je bon jusque-là ?

Le tableau de Magritte m'est apparu, l'arbre des *Grandes Espérances*. « C'est celui où tu te perches », avait dit Claudio. Peut-être ! Mais a-t-on jamais vu un oiseau avoir le vertige ?

J'ai retiré la couverture dorée avant de m'abattre sur le lit.

J'ai sombré.

20.

La sonnerie de mon portable me réveille. Où suis-je ? Durant un bref moment, je ne sais plus. L'immense lit, les oreillers rectangulaires me le rappellent : l'hôtel Pierre.

Et c'est David au bout du fil, un long, si long fil ! Midi ici, six heures là-bas.

— Alors, comment ça se passe ? demande-t-il à voix basse comme s'il craignait que Claudio ne l'entende.

Par la porte ouverte, je peux voir le salon vide, le bouquet sur la table.

— Nous sommes à l'hôtel. Claudio dort. Je crois bien que j'ai dormi moi aussi.

— Vous avez bien fait. Des nouvelles du Dr Miller ?

— Oui. Claudio rentre à la clinique demain. Il sera opéré mercredi matin.

On a beau avoir chamboulé ciel et terre pour atteindre son but, y être quasiment arrivée, il y a des mots que l'on prononce encore avec hésitation, sans parve-

130

nir tout à fait à y croire. David a-t-il entendu le doute dans ma voix ?

— Ce n'est pas trop dur, Laura ?

— Pas du tout. Ça baigne ! À part ça, j'ai peur tout le temps, je suis sûre qu'il va reculer, s'échapper. Et qu'au bout...

— Allons, allons, m'interrompt David. Ne me dites pas que vous perdez le moral, vous, Laura !

Moi, Laura, je ris pour ne pas pleurer.

— D'après Miller, le greffon est de première classe.

— Eh bien, vous voyez !

— Merci pour la montre, David. Elle est extra. Je la regarde tout le temps. Vous voulez parler à Claudio ?

— Non, non. Laissez-le dormir. Et appelez-moi quand vous voulez. Tout le temps si vous voulez. Courage, petite sœur !

La petite sœur raccroche, la larme à fleur de paupière, et pose les pieds par terre. Et si je m'offrais un fruit ?

Passant dans le salon, ma respiration se bloque : la canadienne de Claudio n'est plus sur le fauteuil. Pourtant, je suis certaine de l'y avoir vue en gagnant ma chambre tout à l'heure. J'ai même failli la prendre pour la suspendre, et puis non, j'étais trop fatiguée.

Le cœur battant, je me précipite.

Claudio n'est plus sur son lit. Il n'est pas non plus dans la salle de bains. Au creux de l'oreiller, son portable. Qui a-t-il appelé ? Où est-il allé, mon Dieu ? Ma pire crainte se réalise : il s'est sauvé. Il n'entrera pas à la clinique demain.

Vite, mes boots, mon anorak. Le couloir baigne dans une rassurante musique d'aéroport. L'ascenseur met un siècle à arriver et, lorsque nous descendons enfin, il me semble qu'il s'arrête à chacun des dix-sept étages. Le liftier me regarde d'un drôle d'œil.

Aucun homme à collier de barbe, lunettes teintées et canadienne dans le hall. Au bar ? À la salle à manger ? Dans l'un des nombreux salons ? Par où commencer ? « Au moins, il sera en terrain connu », avait dit David. Mais s'il a pris sa canadienne, n'était-ce pas qu'il comptait sortir ? Oh, Claudio, pourquoi m'infliges-tu tout ça ?

Je fonce à la réception.

— Avez-vous vu passer M. Roman ?

J'ai posé ma question en français. L'employé y répond en anglais.

— M. Roman est sorti, mademoiselle. Il a demandé qu'on le conduise au lac.

Le soulagement me coupe les jambes.

— Au lac ? Il y a longtemps ?

— Une petite demi-heure.

— Pouvez-vous m'indiquer comment on y va ? Et j'ajoute : Vous comprenez, monsieur, il est aveugle.

Comme s'il ne le savait pas. Mais c'est que j'ai tant besoin d'aide.

— Bien sûr, mademoiselle.

L'employé passe de l'autre côté du comptoir, m'accompagne jusqu'à la porte-tambour et me désigne le parc.

— Vous traversez et vous allez tout droit, puis à droite. Vous ne pouvez pas le manquer. Voulez-vous qu'on vous accompagne ?

— Non, merci, ça ira.

La porte-tambour tourne à nouveau en mon honneur. Je m'interdis de courir pour ne pas choquer le digne portier.

Sous un ciel blanc, bleu, glacial, le parc scintille. C'est l'heure de la pause-déjeuner. Une foule bigarrée emplit les allées : fourrures, pelisses, manteaux, anoraks, tenues de jogging. Patins à roulettes, trottinettes, vélos, baskets. Tout en roulant, courant ou cheminant, beaucoup se restaurent : sandwiches, hot dogs, beignets.

Sur les pelouses... des colonies d'écureuils. Presque autant que de pigeons chez nous. Gris comme eux, confiants, se laissant nourrir.

« Tout droit, puis à droite. Vous ne pouvez pas le manquer. »

Voici le lac.

Entraînés par la musique d'un groupe de Noirs vêtus de couleurs éclatantes, des gens de tout âge, experts pour des débutants, patinent.

Claudio est là.

Je n'avais pas senti le froid, il me brûle soudain. Je n'avais pas remarqué combien le spectacle était magique, une image un peu trop belle dans un livre d'enfant, il me chavire.

Les yeux cachés par ses lunettes, le visage tourné vers les patineurs, Claudio est assis sur un banc, seul. Je m'approche sans hâte et prends place près de lui.

— C'est moi, Claudio. Quand j'ai vu que vous n'étiez plus là, j'ai eu très peur. Vous savez, ici, c'est comme le caviar hier, c'est la première fois.

Je ne cherche plus à cacher le tremblement de ma voix. J'en ai assez de tricher, de jouer les grandes, les costauds, la mère, la sœur, la guide et le Saint-Esprit alors que je ne tiens plus sur mes jambes ni dans ma tête. Et, quand sa main cherche la mienne, je m'y agrippe de toutes mes forces. Nous avons oublié les gants : deux morceaux de glace qui se rejoignent.

— Sale temps pour les moineaux, dit-il.

La reconnaissance m'étouffe. Alors tu te rends compte ? Tu as enfin compris que tu n'étais pas le seul à en baver ? Que la lune, c'est bien joli, mais un peu loin quand même ?

Je regarde ce visage que la souffrance, ou la colère, laisse pour l'instant en paix. J'aime cet homme à en mourir, comme dans la chanson. Et si tu continues comme ça, peut-être bien que le moineau y restera.

— Autrefois, j'ai patiné sur ce lac, raconte-t-il d'une voix enrouée, l'oreille tendue vers le tourbillon joyeux de la fête. Quand mon père venait à New York pour son travail et que c'étaient les vacances, il nous emmenait, ma mère et moi. Elle adorait le Pierre. J'imaginais que c'était un homme, je l'appelais M. Pierre. « Quand est-ce qu'on va chez M. Pierre ? » Quant à mon père, pour moi, c'était Dieu.

Il renverse son visage vers le ciel, les yeux fermés. Qu'y voit-il ?

— Je l'ai appelé tout à l'heure de l'hôtel. Figure-toi qu'il connaît ton Miller. Il croit lui aussi au miracle.

Avec un soupir dont je ne sais s'il est de doute ou d'espoir, il baisse vers moi ses yeux éteints.

— Il m'a demandé pardon.

— Et qu'avez-vous répondu ?

— Qui vivra verra.

Qui verra vivra.

21

Je n'avais plus peur qu'il se sauve.

Dieu son père, le supergreffon du Dr Miller et ma petite personne avions permis à l'espoir de l'emporter sur l'angoisse.

Rentrant à l'hôtel, je n'ai pas hésité à réserver, devant lui, la voiture qui nous emmènerait demain à la clinique Bel Air.

Il était deux heures lorsque nous nous sommes retrouvés dans notre appartement. À Paris, huit heures du soir sonnaient. Il n'était donc pas étonnant que Claudio éprouve une petite faim, lui qui n'avait rien mangé depuis presque vingt-quatre heures.

Allions-nous respecter le décalage horaire et attendre l'heure du dîner ou vivre notre vie ? Nous avons opté pour un déjeuner-souper servi à domicile.

— Tes parents savent-ils que tu es à New York ? m'a demandé Claudio avant de passer commande.

— Bien sûr que non ! Secret professionnel. Ils me croient à Paris. Et, s'ils pouvaient voir cette suite royale, ils en tomberaient raides. Eux ne sont presque jamais allés à l'hôtel. Les vacances, c'est la famille ou le camping.

— Alors on va les inviter à choisir le menu, a déclaré Claudio.

On pouvait tout y trouver et il était traduit en plusieurs langues. Je l'ai lu en anglais, histoire de faire admirer l'accent normand de la guide.

Pour débuter, mon père voudrait certainement un potage, aussi nous sommes-nous décidés pour une soupe Aurore à la tomate, avec crème et croûtons. Aurore, ça m'allait, comme nom !

En ce qui concernait le plat principal, je connaissais ma mère : elle souhaiterait essayer quelque chose de local. Papa accepterait en faisant d'avance la grimace et en la traitant de « fille du Nord ». Pour eux, Claudio a élu des *spare ribs*, des côtes de porc légèrement caramélisées servies avec du riz brun.

Un repas qui se respectait ne se terminait pas sans fromage, aussi avons-nous pris du camembert, un drôle de camembert au goût tout à fait différent de ceux que l'on déguste ordinairement à Villedoye. Claudio affirmait que c'était de l'autruche. Nous avons bien ri.

Histoire de rester en famille, je me suis chargée du dessert : un carpaccio d'ananas coiffé d'une glace vanille.

Et c'était cela, le luxe ! Car, dans notre corbeille de fruits, trônait un ananas auquel nous n'avions pas songé à toucher. Sans glace vanille, vous pensez !

Le repas a été accompagné de vin de Bordeaux.

Le temps que la commande arrive sous des cloches d'argent, puis celui de la dégustation, nous sommes sortis de table vers cinq heures : onze heures du soir chez nous.

La fatigue commençait à se faire sentir. J'en

connaissais une qui avait du mal à garder les paupières ouvertes.

Tandis que l'on débarrassait notre table, nous nous sommes installés face à la baie et Claudio m'a demandé de lui décrire le paysage.

Avec le soir qui s'annonçait, il devenait plus féerique encore. Le soleil déclinant dorait les arbres blanchis du parc. La sage rangée d'immeubles clairs, précédés de leurs auvents de couleur, présidait au lent glissement des paquebots sur la Cinquième Avenue. Je n'avais pas imaginé cette ville si belle, drue, altière. Quant aux sirènes, j'en avais déjà pris l'habitude, c'était comme dans les films. D'ailleurs, nous ne pouvions être que dans un film.

Je préfère ceux qui se terminent bien.

David a appelé et Claudio a voulu lui parler : tout se déroulait comme prévu. Il ne souhaitait pas qu'on lui téléphone à la clinique et, pour la suite des événements, c'est moi qui le tiendrais au courant.

Sa mère a appelé elle aussi. Tandis que Claudio lui répondait d'une voix brève, crispée, je revoyais le visage de la pietà et retrouvais mon malaise.

Il a très vite raccroché.

— J'ai encore quelque chose à vous demander, ai-je dit.

Il a tourné vers moi un visage fatigué.

— Parce que tu estimes n'avoir pas assez reçu ?

— Cette fois, c'est juste un tout petit morceau de lune. J'aimerais que vous pardonniez à votre père. Un père qui croit aux miracles, c'est irremplaçable !

— Peut-être voudrais-tu aussi que je vous invite tous les deux à la première de *La Traviata* ?

— Alors là, ce serait fabuleux ! La première... Et aux premières loges, s'il vous plaît.

À nouveau, il a eu ce rire tremblant qu'il m'avait offert lorsque je lui avais réclamé la lune tout entière et il m'a semblé que j'avais remporté la victoire sur sa mère.

Un peu plus tard, deux femmes de couleur, vêtues de rose, sont venues faire nos couvertures, passant d'une chambre à l'autre, d'une salle de bains à l'autre. Après avoir changé des serviettes qui avaient à peine servi, elles nous ont souhaité une bonne soirée et se sont retirées.

— J'ai moi aussi quelque chose à te demander, a dit Claudio. Peux-tu me laver les cheveux sans me mettre trop de shampooing dans les yeux ?

— Vous ne pouvez pas mieux tomber ! Grâce à Agathe, vous avez une pro en face de vous.

J'ai fait agenouiller mon grand homme devant la baignoire, placé une serviette autour de son cou, pris la douchette et me suis régalée.

« Plus fort, plus fort », ordonnait ma sœur. Claudio se laissait faire sans rien dire. Je crois que ça lui plaisait.

Ensuite, tandis qu'il prenait son bain, j'ai fait de même chez moi.

C'était peut-être notre dernière nuit commune, si l'on pouvait dire. Dans l'eau tiède aux bulles irisées, je me suis remémoré toutes celles que nous avions vécues. Celles où il venait me voir, dévoré d'angoisse, restant parfois jusqu'à l'aube pour partager sa révolte avec moi. Celles où il me racontait ses amours avec Hélène ou une autre diva, qui « baisaient bien », mais oui, c'est comme ça qu'on doit dire, petite Laura, avec tes « faire l'amour », tu dates. Ces nuits où je devais, en riant, repousser ses avances, des avances « pour de faux », histoire de me faire réagir, car jamais il n'insistait. Sauf le fameux soir de *La Traviata*. « Et mon petit ami, qu'en penserait-il ? m'arrivait-il de demander. On ne lui racontera pas, promis ! » répondait-il.

Il était minuit et demi en France quand je suis sortie de l'eau et pourtant je n'avais plus sommeil. J'ai enfilé T-shirt, pantalon de jogging et mules en éponge offertes par « monsieur Pierre ». Je n'ai pas remis ma montre et je suis allée voir où en était mon ténor préféré.

Aucune lumière n'était allumée dans sa chambre que l'obscurité commençait à envahir. En pyjama et peignoir, il était assis au bord de son lit comme un petit garçon triste attendant que sa mère vienne lui dire bonsoir et mon cœur a fondu de tendresse.

— Laura ?

— Me voilà, Claudio.

Il a tendu la main dans ma direction. Je suis venue le rejoindre.

— Reste, a-t-il imploré tout bas.

— Bien sûr.

Je me suis assise près de lui. Il s'est penché pour me respirer.

— Tu sens bon.

— C'est une eau de toilette qui s'appelle « Elle ». Je crois qu'elle sent un peu Noël.

J'ai posé la tête sur son épaule. Son bras est venu tout de suite m'enlacer.

— Oh, Laura, Laura...

Quand sa bouche a cherché mon visage, qu'elle s'est promenée sur mes joues, un peu ci, un peu là, pizzicato, je suis restée. Sa barbe était soyeuse et me chatouillait. Mon premier homme à barbe.

Il faut bien un début à tout.

Ses lèvres ont glissé vers les miennes, avec prudence, en hésitant, et je les ai ouvertes pour le recevoir et j'ai répondu à ce baiser dont j'avais si souvent rêvé, où j'ai eu l'impression de m'abîmer, comme on glisse lentement dans un abîme de délices. Et, lorsque ses mains ont entouré mes seins à travers le tissu du T-shirt, je suis restée.

— Tout menus, a-t-il constaté d'une voix brouillée. Un tout petit jabot, tout dur, tout dressé.

Ses mains sont passées sous mon T-shirt. Je me suis entendue soupirer. J'ai fermé les yeux et, tandis qu'il me caressait, j'ai tout écrit en moi : ses caresses, son souffle plus court, sa voix de loup. Je l'écrivais dans ma mémoire, en phrases serrées, lisibles pour moi seule, comme dans mon journal autrefois quand j'avais peur qu'Agathe la belle ne le découvre car je n'y cachais rien. Il m'aurait fallu attendre cette nuit américaine pour y écrire mes plus belles phrases, les plus brûlantes : un chapitre que je n'aurais pas assez de ma vie pour relire.

— Lève-toi, ma chérie.

J'ai écrit « ma chérie », je me suis levée pour venir me loger entre ses jambes écartées et j'ai vu que lui aussi me désirait.

Il a retiré mon T-shirt, baissé mon pantalon de jogging sous lequel je n'avais rien mis et il a lu mes hanches, mon ventre, mes cuisses avec ses mains sans pour l'instant aller plus loin.

— C'est bien ça, un tout petit format ! a-t-il constaté, et nous avons ri ensemble de ce rire lourd qui annonce les orages.

Un peu plus tard, il s'est levé à son tour pour se dévêtir et j'ai aimé la toison sur sa poitrine, son ventre plat, ses jambes fortes, j'ai tout aimé, cela a été à mon tour de le caresser et très vite je suis allée plus loin.

Sur le grand lit où nous étions tombés enlacés, il n'y avait plus de petite sœur, ni de guide, ni de moineau, seulement une femme qui brûlait toute et l'appelait pour qu'il vienne enfin se constituer prisonnier, pour le capturer, le faire mien, le faire nous.

— Comme tu me serres, a-t-il grondé en se mouvant en moi, comme tu m'entoures. Que tu es bonne à aimer.

C'étaient les paroles du corps, les déclarations éphémères de la jouissance. En prenant sa main et en mêlant mes doigts aux siens avant qu'il ne m'emporte, je lui ai répondu par celles de l'âme.

Et tant pis pour ceux qui n'aiment pas les grands mots.

Après, je me suis faite toute petite, toute discrète, dans mon coin de lit pour qu'il me garde près de lui et me laisse le garder.

Jusqu'à demain.

22.

— Ça alors, on m'a changé ma fille ! s'exclame la voix tendre et bourrue de mon père. Depuis quand est-elle debout à six heures du matin ?

— Il se trouve que la fille n'avait plus sommeil et qu'elle avait envie de parler à quelqu'un. Et qui est-on certain de ne pas réveiller à l'aube, sinon le boulanger ?

Six heures au fournil. Minuit à la clinique Bel Air.

Là-bas, mon père rit de plaisir. Sur le seuil du cabinet de toilette où je me suis réfugiée pour téléphoner sans réveiller Claudio, je regarde son visage apaisé. Il a été si nerveux toute la journée que l'anesthésiste lui a prescrit un anxiolytique pour dormir. Mon lit de camp a été dressé près du sien.

— Quel temps fait-il, chez toi ? demande papa.

— Plutôt mauvais. Et chez nous ?

— Plutôt beau. C'est la Normandie, que veux-tu ! Nous rions. Je demande :

— Qu'est-ce qui cuit en ce moment ? Ça sent rudement bon.

— Ça sent quelque chose de nouveau : une baguette aux céréales. Pour ceux qui aiment que ça croustille, ça croustille.

— J'en prendrais bien un peu pour mon petit déjeuner.

— Et pourquoi ne viens-tu pas ? Deux heures de route, ce n'est pas la mer à boire.

Si, papa, c'est la mer à boire, un océan à traverser. Et, entendant ta voix si près, si loin, c'est comme la belle musique : ça fait du bien et du mal à la fois.

Cette journée qui vient de se terminer a été dure, tout en hauts et bas.

Les hauts : la visite du Dr Miller, sa confiance, sa description enthousiaste de la cornée, belle et transparente, qu'allait recevoir Claudio.

— Et qui me donne cette merveille ?

— Nous n'avons pas le droit de vous le dire, mais, si la famille en exprime le désir, vous pourrez lui écrire pour la remercier. La lettre sera transmise. Et c'est vous qui l'écrirez, *my friend* !

Sourire tremblant de Claudio.

Les hauts encore : ses doigts entrelaçant les miens comme pour me rappeler un instant de fusion totale auquel ni l'un ni l'autre n'a fait allusion : les merles blancs s'envolent si l'on fait trop de bruit.

Les bas : les quelques examens auxquels Claudio a dû se prêter – examen des yeux, électrocardiogramme, prise de sang. Ne voulait-on pas, comme à l'aéroport, le balader partout en fauteuil roulant ?

Il a menacé à plusieurs reprises de tous nous plaquer là.

« Il faudra l'accompagner jusqu'à la porte du bloc », m'avait avertie le professeur Leblond.

À l'approche du moment décisif, on aurait dit qu'il

préférait renoncer à l'espoir, s'armer devant un échec possible.

— Et cette nouvelle baguette qui croustille, papa, elle plaît ?

— Il y en a pour dire qu'elle leur rappelle la guerre, quand on manquait de blé et qu'on mettait n'importe quoi dans la farine. Mais, toute chaude, avec dessus la bonne couche de beurre frais du Petit Chaperon rouge, tu m'en diras des nouvelles.

— Et sans le risque d'être mangée par le loup.

Il croquait dans mes joues et je mourais de plaisir.

— Et qu'est-ce qu'elle a de beau à faire aujourd'hui, la fille ? s'enquiert-il.

Je regarde les cheveux sombres de Claudio sur l'oreiller : dors, mon amour.

— La fille s'occupe de son chanteur. Tu te souviens de ce qu'il a dit ? Le pain et la musique.

— Le pain avant la musique... Tiens ! Il me semble que ça bouge, là-haut. Ta mère qui se réveille. Tu veux lui dire un mot ?

— Non, merci, papa, c'est à toi que je voulais parler.

Dans son lit, Claudio se retourne, sa main tâtonne sur le drap.

— Je vais te laisser, maintenant. Pardon de t'avoir dérangé mais c'est important, un père.

— C'est important, une fille. Et tu ne sais donc pas encore que ça ne dérange jamais ?

Je reviens vers mon chanteur et je prends sa main. Il se calme aussitôt. La musique et le pain, nourritures indispensables à la vie. Durant un instant, j'aurai eu les deux à la fois.

À sept heures trente, une infirmière est venue faire

prendre à Claudio une petite pilule bleue destinée à l'
« assommer » avant l'intervention.

Devant l'état d'angoisse de son patient, le Dr Miller
avait décidé qu'une anesthésie générale serait prati-
quée alors que, d'ordinaire, une locale suffisait.

Nous étions réveillés depuis longtemps : treize heures trente à Paris. À nouveau, je ne cessais de regarder
ma montre. Claudio avait pris une douche et s'était
rasé. Dehors, une nouvelle journée blanche à écureuils
et patineurs se levait.

L'infirmière est revenue une heure plus tard, munie
d'une chemise bleue qui se fermait dans le dos par
des lacets, des chaussons de même couleur et une char-
lotte. Claudio a enfilé tout ça. Il s'est plaint d'avoir
soif. Boire serait pour plus tard. Pour après. À son
poignet droit, l'infirmière a attaché un ruban où son
nom était inscrit, comme on en met aux nouveau-nés
pour ne pas les confondre.

Je retenais un rire. Comme séducteur, avec sa nouvelle coiffure à fronces, Claudio pouvait repasser : un
gros poupon à barbe digne des Marx Brothers.

Le chariot est venu chercher mon amour, mon
amant d'une nuit, à neuf heures trente, actionné par
un grand Noir au sourire salvateur. Il a remonté une
couverture jusqu'au menton de son patient et nous
sommes partis pour décrocher la lune.

Nous avons longé des couloirs qui n'en finissaient
pas. Çà et là, des lumières rouges interdisaient l'entrée
des salles d'opération : silence, on tourne. La lumière
de la double porte battante près de laquelle nous nous
sommes arrêtés était éteinte.

Voilà, nous y étions ! Derrière cette porte, le magi-
cien allait tenter de faire renaître la lumière sur le
visage de Claudio. Mon rôle s'arrêtait là. Et, ma mis-

sion achevée, je me sentais comme un coureur tombé épuisé sur la ligne d'arrivée. Même sous la torture, nul ne pourrait jamais m'obliger à refaire un tel chemin de croix.

Et, à cet instant, un petit comprimé bleu pour m'assommer m'aurait été bien utile à moi aussi.

Une infirmière a mis des gouttes dans l'œil droit de Claudio. L'anesthésiste, un Japonais très doux que nous avions vu plusieurs fois hier, s'est approché de nous en tenue de combat.

— Tout va bien ?

Nous n'avons pas jugé utile de répondre.

Lorsqu'il a placé au poignet gauche de Claudio l'aiguille qui le relierait aux anesthésiques, j'ai regardé ailleurs. J'ai toujours eu horreur des piqûres.

— Dans quelques minutes, l'a-t-il averti.

Puis il s'est tourné vers moi.

— Après l'intervention, M. Roman ira en salle de réveil. Vous devriez le retrouver dans sa chambre d'ici à deux petites heures.

Dans un roman de Delly, cette intervention serait une parfaite réussite. D'ailleurs, on aurait opéré les deux yeux, n'étant pas à une cornée près. Lorsqu'on retirerait son pansement, le héros de l'histoire découvrirait enfin celle qui l'avait accompagné durant la longue et douloureuse traversée vers la délivrance. Ce serait un éblouissement. Ils prononceraient des mots d'amour. L'amour, ils ne l'auraient pas encore fait. Pour cela, n'auraient-ils pas toute la vie ?

Nous n'étions pas dans un roman de Delly mais à la clinique Bel Air.

La porte du bloc s'est ouverte à deux battants. À l'intérieur, j'ai aperçu le Dr Miller. Il m'a fait un signe d'amitié. Claudio avait tourné son visage vers moi. Il a prononcé mon nom. Je me suis penchée et j'ai effleuré ses lèvres des miennes.

— Tu seras Alfredo, ai-je promis.

Le rideau est tombé.

Deuxième partie

Lui

Maintenant je te cherche, plein de tristesse.
Et ne puis te trouver.

Mozart, *Lied*

23

L'odeur.

Une odeur d'hôpital.

Miller... L'opération...

Avec difficulté, dans un brouillard épais, Claudio tendit la main.

— Laura.

Le vide.

— LAURA ?

Cette fois, il l'avait crié mais le son n'était pas sorti. Le mur était trop haut à franchir.

Il souleva la main avec peine et effleura le pansement sur son œil. Il n'avait pas mal. Tout juste une gêne.

— Laura.

Quelqu'un entra dans la pièce et une main prit la sienne, une main large, épaisse, pas la main de Laura.

— Tout va bien, monsieur, vous avez été opéré. Vous êtes dans votre chambre, dit une voix féminine.

— Laura.

— La demoiselle n'est pas là. Elle va revenir. Ne

vous agitez pas comme ça, monsieur. Tout s'est bien passé.

Elle va revenir...

La femme téléphonait. Il entendait : « *Quick ! Quick !* » Vite ! Il souleva la paupière de son œil gauche : du blanc. La porte s'ouvrit à nouveau et un pas pressé vint vers son lit.

— Monsieur Roman, tout va bien. Très, très bien. L'opération a parfaitement réussi.

La voix de l'anesthésiste, cette fois. Une voix japonaise. Il l'avait imitée et Laura avait ri. Dieu qu'il était fatigué, vaseux, pâteux.

— Quelle heure est-il ?

— Midi et demi.

— Où est Laura ?

— Je ne sais pas, monsieur, mais le Dr Miller va vous le dire. Mlle Vincent l'a vu après l'opération.

« Mlle Vincent l'a vu... » Laura aimait bien le Dr Miller. Elle lui faisait confiance.

Un nouveau pas. La main de Miller sur la sienne, fine, nerveuse.

— Claudio – Miller l'appelait Claudio, maintenant ? Tout s'est passé à la perfection. On vous retirera le pansement demain, à la première heure.

Demain ?

— Je veux Laura, cria-t-il. Tout de suite ! Allez me la chercher.

Robert Miller regarda le visage de son patient, déformé par l'angoisse. Si seulement il avait pu lui répondre ! Mais, en ne trouvant pas la petite qui l'accompagnait près de lui, il avait été le premier étonné.

Elle avait insisté pour lui parler tout de suite après

l'intervention. Lorsqu'il lui avait appris que celle-ci avait été un plein succès, elle avait fondu en larmes.

— Vous êtes sûr, docteur ? Vous êtes sûr ? Il va revoir ?

— Comme vous et moi, avait-il assuré, et il lui avait conseillé d'aller attendre Claudio dans sa chambre et d'y dormir un peu car elle avait l'air épuisée.

Où était-elle passée ? Certainement pas bien loin.

— On va vous la retrouver, Claudio. Ne vous en faites pas.

— Maintenant !

Il tenta de se redresser. Des mains l'obligèrent à revenir sur l'oreiller.

— Restez tranquille, monsieur.

Pourquoi Miller se taisait-il ? Que lui cachait-on ?

— Laura.

Il porta la main à son œil.

— Non, monsieur, s'il vous plaît, ne touchez pas au pansement, calmez-vous.

Un peu plus loin, on discutait à mi-voix : Miller et le Japonais. Ils ne semblaient pas d'accord.

— Tout plutôt qu'une crise de nerfs, déclara Miller. Allons-y.

La main revint sur la sienne.

— Nous allons faire quelque chose de pas très... comment dites-vous déjà en France ? De pas très « catholique », c'est ça. Nous allons retirer quelques secondes votre pansement pour vous prouver que vous voyez. Ainsi serez-vous tout à fait rassuré.

Claudio voulut dire non : pas sans elle, pas sans Laura. Mais Miller décollait déjà le sparadrap, retirait le pansement avec d'infinies précautions. De l'eau tiède coulait sur sa joue, il était totalement paralysé par la panique, dans sa chambre régnait un silence total, terrifiant.

Les doigts de Miller soulevèrent sa paupière.

— Regardez, Claudio. Regardez. N'ayez pas peur.

Dans une brume rosâtre, il devina une main qui s'agitait devant lui. Il distingua le visage d'un homme en blanc. Une tornade de bonheur le souleva. Il se laissa emporter.

Quelle heure était-il ? On lui avait remis son pansement. On l'avait aidé à enfiler un pyjama, à s'asseoir sur son lit, à boire du bouillon chaud.

Il avait vu. Il verrait. Il reverrait. Il ne cessait de conjuguer le verbe magique à tous les temps. Le bonheur avait des dents. Il mordait dans sa poitrine.

Il avait soif, la bouche comme du carton. Il demandait à boire. On approchait un verre de ses lèvres. Une femme était étendue sur le lit de camp à côté du sien. Pas Laura. Il réclamait Laura. Il ordonnait qu'on l'appelle au Pierre.

— Mais c'est la nuit, monsieur. Il est deux heures du matin. Vous appellerez votre femme demain.

Elle disait « votre femme ». Deux heures du matin ? Avant, quelle que soit l'heure, il n'avait qu'à tendre la main pour trouver Laura : « Je suis là, Claudio. »

Il se sentait mieux, plus lucide. Qu'est-ce qu'elle foutait, bon Dieu ? Je ne vous quitterai pas. Je resterai avec vous jusqu'au bout. En lui faisant cette promesse, elle lui avait même embrassé la main, alors quoi, bordel ? Elle y croyait ou non, aux promesses ? « Demain », avait dit la garde. Qu'est-ce qu'il lui passerait, demain, à la petite. Oui, elle allait l'entendre. Elle allait voir. Voir ! Demain.

154

— Le grand moment, monsieur Roman, annonça la voix tonique du Dr Miller.

— Vous ne m'appelez plus Claudio ? parvint-il à plaisanter.

C'était « demain », sept heures trente. On l'avait fait asseoir et on l'avait débarbouillé pour recevoir le grand chef avec sa cour.

Il avait encore un peu peur, mais moins. Durant cette si longue aube, il avait fait des projets. Il voulait qu'ils se réalisent. Il serra les lèvres.

La main de Miller retira la rondelle oculaire. Sa paupière était comme soudée : impossible de la relever.

— Ce sont vos cils qui sont collés, le rassura le médecin. On va arranger ça.

Il nettoyait à gestes doux la porte de la prison. Claudio entendait des respirations mais pas une parole. « Le moment du miracle », pensa-t-il.

— Je vais à présent regarder mon travail à l'aide d'une petite torche, l'avertit Miller. Ne vous étonnez pas si vous êtes un peu ébloui.

La main souleva sa paupière.

— Une pure merveille, ce greffon ! Je voudrais que vous voyiez ça !

— Docteur, dit Claudio d'une voix tremblante. Vous m'aviez caché que vous portiez des lunettes.

24.

Il prend son petit déjeuner et tout est miracle. Aller droit à l'anse de la tasse, se beurrer une tartine, y étaler de la confiture. Le nom de celle-ci sur le pot est écrit trop petit pour qu'il puisse le lire, mais que ce soit fraise, framboise ou groseille, il s'en fout. Il voit que ce sont des fruits rouges et ça lui suffit.

Il voit aussi le bleu du ciel derrière les vitres de sa fenêtre. Il voit les deux tableaux qui ornent les murs de sa chambre. Oh ! ce n'est pas le Pérou, c'est flou, un peu comme à travers un carreau mal lavé, mais, sur l'un des tableaux il distingue un paysage marin et, sur l'autre, un bouquet de fleurs.

On a laissé sa porte ouverte pour l'avoir à l'œil. « L'avoir à l'œil »... L'expression le fait sourire. Parfois, des visages passent : « *Everything's O.K., Mr. Roman ?* »

Tout serait O.K., magnifique, mirobolant, si Laura était là.

Il ne comprend pas. Cela fera bientôt vingt-quatre heures qu'elle a disparu. Pourquoi ? Comment ?

À présent qu'il a la tête claire, il s'efforce de réfléchir calmement. Qu'a-t-il pu lui arriver ? Le décalage horaire ? Elle a fait un saut à l'hôtel pendant l'opération et elle s'est endormie ? Ça ne tient pas. Pas si longtemps. Autre hypothèse : elle se terre par peur du résultat. N'est-il pas normal qu'elle ait peur ? Après tout, c'est elle et elle seule qui l'a obligé à subir cette intervention... Ça ne tient pas non plus ! Elle a vu Miller qui lui a fait part de la réussite de l'opération.

Alors ?

C'est pour Laura que Claudio s'inquiète à présent. Et si elle avait eu un accident dans cette ville qu'elle ne connaît pas ? Si elle s'était fait agresser à Central Park ? Il aurait dû la mettre en garde. Il s'en veut.

Sitôt son petit déjeuner terminé, il demandera qu'on l'appelle sur son portable. Que n'a-t-il emporté le sien.

En attendant, voilà qu'elle pollue sa joie. Lorsque Miller a soulevé sa paupière, qu'il est sorti de sa prison, c'est elle qu'il aurait voulu découvrir en premier.

Pour la remercier, cette lâcheuse !

Un bruit à la porte l'alerte. Il lève les yeux.

David est là.

Jamais David May n'oubliera cet instant : Claudio dressé sur son lit, une tartine à la main. Claudio qui le reconnaît, oui, qui le reconnaît, et lui adresse un clin d'œil.

Le plus beau clin d'œil du monde.

Toujours, David se souviendra de la lumière revenue sur ce visage qu'il s'était habitué trop vite à accepter éteint. Une lumière qu'accompagne un sourire incrédule.

— Mais qu'est-ce que tu fous là ?

David lâche son sac, va à son chanteur, l'étreint,

157

incapable de parler, étouffé par l'émotion. Puis il s'écarte et retire ses lunettes pour être certain de ne pas rêver : l'œil est brillant, malicieux, à peine rouge.

— Tu vois, Claudio, tu vois !

— À ce qu'il paraît, plaisante celui-ci. Et toi ? Quel miracle t'amène à New York ?

— Le miracle Laura, répond David. Elle m'a appelé hier après l'intervention pour m'apprendre la bonne nouvelle et me demander de venir admirer toutes affaires cessantes.

— Laura ?

Claudio a sursauté. Son visage se ferme.

— Elle t'a demandé de venir ?

— À la vérité, elle me l'a même ordonné.

David se souvient de sa voix, son cri : « Il verra, David. Il verra ! Il faut que vous veniez tout de suite. »

Et elle avait raccroché aussitôt.

Depuis quand David recevait-il des ordres d'une petite fille ?

Il avait pris le premier Concorde et débarqué direct à la clinique.

— Je ne sais pas où elle est passée, lui dévoile Claudio d'une voix angoissée. Je ne l'ai pas vue depuis mon entrée au bloc, hier. Disparue, envolée. J'étais trop K.O. pour l'appeler. Fais-le, s'il te plaît. Maintenant.

La voix est suppliante. L'inquiétude creuse soudain la poitrine de David. N'a-t-il pas essayé de joindre Laura plusieurs fois après son ultimatum ? En vain. Et les messages qu'il lui a laissés sont restés sans réponse.

Il sort son portable de sa poche et forme une fois de plus le numéro. Puis il raccroche.

— Elle ne répond pas.

— Alors appelle le Pierre, ordonne Claudio.

— Je vais faire mieux, je vais y passer, décide David, qu'un soudain pressentiment étreint.

— Bonne idée. Et tu me la ramènes par la peau du cou. Qu'est-ce qu'elle croit ? J'ai besoin d'elle, moi !

La voix de Claudio s'est cassée.

« Il n'aura plus besoin de vous... »

Les mots que David a dits à Laura il n'y a pas une semaine. Elle n'aurait quand même pas...

Il s'efforce de rire.

— Ai-je l'autorisation de rester trois petites minutes pour admirer le miracle ? Oublierais-tu que j'ai fait un certain nombre de kilomètres à cet effet ?

Claudio rit. Il hèle une employée et commande une tasse supplémentaire. « *For my best friend.* » Sa voix aussi a changé, plus nette, plus colorée. « Comme tu vas bien chanter », s'émeut David en lui-même.

Lorsque la tasse est là, Claudio désigne la Thermos sur le plateau :

— Café ?

Puis le panier rempli de viennoiseries :

— Pain au lait, aux raisins, brioche ?

Et, une fois David servi, il fait un anneau de ses doigts et entoure son œil opéré comme pour voir dans la lunette d'un télescope.

— Maintenant, je vais te raconter la lune.

25.

David May retrouvait toujours le Pierre avec plaisir : un décor kitsch, une atmosphère plus intime que celle des grands hôtels anonymes où il avait coutume de descendre et un accueil personnalisé. N'était-il pas l'agent d'un célèbre ténor ?

À dix heures du matin, c'était l'affluence dans le hall : départs, arrivées. Ainsi en avait-il été de sa vie : un perpétuel mouvement. Avec cependant un port d'attache : Claudio.

Celui-ci n'avait pas vingt ans lorsqu'il l'avait rencontré et, très vite, il s'était attaché à ce garçon un peu perdu dont il avait découvert le talent lors d'une audition à l'École lyrique de Paris. Une voix pleine de ressources qui demandait encore à trouver son vrai registre, un mélange de fougue et d'hésitation, de rudesse et de douceur. Le chant était en Claudio. Il ÉTAIT Claudio, mais celui-ci hésitait encore à l'admettre : c'est un don sans partage qu'exige la musique. Veillant à ne jamais le brusquer, David l'avait aidé à l'accepter. Ils ne s'étaient pour ainsi dire plus quittés.

« Ni père, ni mari, ni fils », s'était-il dépeint lui-même à Laura.

Sans doute se cherchait-il un fils d'adoption. À moins que Claudio n'ait représenté l'homme qu'il aurait aimé être.

Il alla droit à la réception, où il serra la main du responsable.

— Nous vous attendions, monsieur May, dit celui-ci avec chaleur. Mlle Vincent nous a avertis de votre arrivée.

Il resta quelques secondes interloqué.

— Elle vous a avertis ? Et où est-elle ?

Cette fois, ce fut son interlocuteur qui sembla tomber des nues.

— Elle est repartie pour Paris hier, en fin de journée.

— Bien sûr..., murmura David.

« Disparue, envolée », depuis les paroles de Claudio, il pressentait quelque chose comme ça, mais c'était quand même un coup dur.

— Savez-vous quel vol elle a pris ?

L'employé désigna un bureau.

— On vous renseignera là-bas, monsieur. Voulez-vous qu'on vous monte votre bagage ? Nous vous avons installé dans la suite de M. Roman.

Au bureau « voyages », une jeune femme lui apprit que Mlle Vincent avait réservé dans l'avion d'une petite compagnie bon marché. Elle était partie la veille vers vingt heures. Sans doute s'étaient-ils croisés dans le ciel.

Le ménage n'avait pas encore été fait dans la suite. Sur la table du salon, il trouva la carte de crédit et le portable dont Laura se servait exclusivement pour son travail. Elle n'avait pas laissé de mot.

— Quelle fille ! s'exclama-t-il à voix haute. Bon sang, quelle fille !

Il retira sa pelisse et la jeta sur un siège puis, à tout hasard, il passa dans les chambres. Dans celle de Laura, il trouva son sac de voyage à lui. Les affaires de Claudio étaient bien rangées dans la sienne.

Il revint au salon. Il entendait à nouveau le cri de bonheur et de souffrance de la veille lorsqu'elle l'avait appelé pour l'avertir.

Le bonheur : « Il verra, David, il verra ! »

La souffrance : « Il faut que vous veniez tout de suite. »

Laura avait appelé David pour lui demander de prendre le relais. Et il avait si bien compris l'urgence qu'il avait réservé immédiatement sa place sur le Concorde.

Mais pourquoi était-elle partie ?

« Il n'aura plus besoin de vous. »

La phrase de David, destinée à empêcher Laura de parler à Claudio de la greffe, dictée par la peur d'un échec, pouvait-elle avoir entraîné sa décision ?

— Quel imbécile j'ai fait ! se réprimanda-t-il à nouveau à voix haute.

Sur la table, près d'une corbeille de fruits, il remarqua un reste d'ananas dans une assiette et il se souvint du dernier repas pris avec elle dans un restaurant des Champs-Élysées qu'il appréciait pour son calme et la qualité de ses fruits de mer. Il revit Laura dégustant ses langoustines avec des mines gourmandes de chaton. C'était deux jours avant le départ pour New York. Au moment de quitter les lieux, elle s'était arrêtée et avait longuement regardé la salle.

162

— Alors, vous venez ? s'était-il impatienté.

— Pardon, mais c'est peut-être la dernière fois..., avait-elle répondu d'une voix minuscule.

Et il n'avait pas été fichu de comprendre qu'elle avait déjà programmé son départ si Claudio récupérait la vue.

Il se leva et marcha dans la pièce. D'accord ! Mais pourquoi si vite et sans explication, en laissant Claudio dans l'angoisse ? Claudio qui, selon le Dr Miller, que David avait pu apercevoir avant de quitter la clinique, n'avait cessé de la réclamer : une litanie, une plainte, un cri. Le médecin lui-même en avait été ému.

— Mais qui est-elle exactement pour lui ? avait-il demandé à David.

Et qui était exactement Claudio pour Laura ?

« D'accord pour la petite sœur », était-elle convenue lorsque, au début de leur relation, dans le même restaurant, il lui avait expliqué, après le renvoi de Corinne Massé, que Claudio n'avait pas besoin d'une aventure de plus. Et n'avait-elle pas lancé avec défi :

— Dites-lui que je suis laide, ça réglera le problème.

David avait l'explication.

Laura était partie pour n'être pas vue de Claudio. Claudio le séducteur, entouré, courtisé par les plus belles femmes. Elle avait eu peur de le décevoir.

Elle l'aimait.

Il s'était souvent posé la question, à présent il ne doutait plus de la réponse. Seul l'amour pouvait expliquer un tel sacrifice : obliger Claudio à recouvrer la vue tout en sachant que ce serait le perdre.

Lui décrocher la lune et disparaître.

163

David avait de l'affection pour Laura, il éprouva du respect.

Il alla au téléphone et forma le numéro du studio de la jeune femme à Paris. Personne ne répondit. Onze heures ici, dix-sept heures là-bas. Il appela l'Agence, Monique. Bien entendu, celle-ci n'avait été mise au courant ni du voyage ni de l'opération. Laura avait prétendu prendre quelques jours de congé.

Non, Monique n'avait pas eu de nouvelles. Laura devait revenir lundi. Y avait-il un message à lui transmettre ? David promit de rappeler.

Il s'apprêtait à quitter la chambre lorsque son portable sonna. Une bouffée d'espoir lui vint : elle, enfin ?

C'était la mère de Claudio.

Mme Roman ignorait évidemment où David se trouvait. Lorsqu'il l'avait jointe, la veille, pour lui annoncer le succès de l'opération, confirmé par Leblond, il s'était bien gardé de lui révéler qu'il avait l'intention de partir pour New-York. Elle n'aurait eu de cesse que de l'y accompagner.

Elle voulait savoir s'il avait des nouvelles fraîches.

— D'excellentes, lui répondit-il. On a retiré le pansement. Claudio voit. C'est gagné.

— Gagné ? interrogea-t-elle avec doute.

Elle semblait refuser d'y croire. Elle avait été de ceux qui avaient soutenu Claudio dans son refus de la greffe, de ces esprits chagrins qui, craignant toujours le pire, finissent par l'attirer.

— La petite est-elle toujours avec lui ? demanda-t-elle. Elle doit triompher.

Il n'aima pas le ton méprisant avec lequel elle avait posé sa question et se retint de lui répondre que la petite valait dix fois mieux qu'elle. Il raccrocha vite.

Non, Laura ne triomphait pas. Elle avait tiré sa révérence, et, si elle aimait Claudio, David pouvait deviner sa détresse.

À la réception, il demanda qu'on lui garde la suite pour une ou deux nuits et reprit le chemin de la clinique Bel Air.

New-York était glacé. Comme, soudain, son cœur.

26.

— M. Roman est en salle d'examen, il ne tardera pas à revenir, lui apprit une aide-soignante sur le seuil de la chambre vide.

David en fut soulagé : un ultime moment de répit avant d'affronter les foudres de Claudio.

Car il ne pouvait lui cacher le départ de Laura et redoutait sa réaction : l'opération ne datait que de la veille, Claudio était encore fragile.

Pour amortir le choc, David décida de ne pas lui parler du mobile et de la carte de crédit, abandonnés par la petite à l'hôtel. Ils sonnaient trop comme un adieu. Aussitôt son retour à Paris, il tenterait de convaincre Laura de revenir, au moins provisoirement, auprès de Claudio.

Mais en avait-il le droit ? Connaissant celui-ci, il ne se faisait guère d'illusions sur la suite des événements. Claudio se consolerait vite de l'absence de Laura. Dès qu'il en serait capable, il reprendrait sa totale indépendance : pas le genre à s'encombrer de qui que ce soit

lors de ses déplacements. Tôt ou tard, Laura réinté-
grerait sa place à l'Agence.

David se promit de veiller à ce qu'elle soit correc-
tement payée.

Il en était là de ses réflexions lorsqu'une infirmière
laissa Claudio à la porte : habillé, rasé, tout beau, tout
neuf.

Son regard parcourut la chambre.

— Elle n'est pas là ? Tu ne l'as pas trouvée ?

— Assieds-toi, ordonna David d'un ton faussement
léger. J'ai à t'en apprendre de belles !

Avec réticence, Claudio prit place au bord du lit.

— Eh bien, vas-y, je t'écoute.

— Mademoiselle nous a faussé compagnie. Elle est
rentrée à Paris.

Avec une exclamation incrédule, Claudio bondit sur
ses pieds.

— Mais ce n'est pas possible !

— Hélas ! si. Elle a pris l'avion hier soir. On vient
de me l'apprendre au Pierre.

— Cette petite garce, cria Claudio. Comment
a-t-elle pu me faire ça ?

— Je ne le sais pas encore mais « garce » me semble de trop, le reprit sèchement David.

Claudio lui tourna le dos et alla à la fenêtre. La
déception, l'amertume l'emplissaient. Il ne pouvait
croire que Laura l'ait lâché. Pour quelle raison l'aurait-
elle fait ? N'avait-il pas cédé sur toute la ligne ? Et il
n'avait pas rêvé qu'elle était attachée à lui.

Il revint vers son agent.

— Elle m'avait promis de rester jusqu'au bout, lui
apprit-il d'une voix sourde.

— Elle n'est partie qu'une fois rassurée sur ton

sort, lui rappela David. Et le bout, pour elle, c'était peut-être la réussite de l'opération.

Claudio reprit sa place au bord du lit.

— Moi qui me faisais une telle fête...

Miller ne venait-il pas de lui annoncer qu'il avait déjà recouvré un peu plus de deux dixièmes d'acuité visuelle ? « Décidément, vous ne faites rien comme les autres », avait constaté le médecin avec bonheur.

Durant cette aube interminable où il attendait « demain », Claudio avait fait des projets. Si tout se passait bien, ils resteraient quelques jours à New York. Il montrerait la ville à Laura. N'était-ce pas son tour d'être guidée ? Ne l'avait-elle pas amplement mérité ? Ils retourneraient au lac.

Un rire aigre le secoua : tout juste s'il n'avait pas déjà réservé les patins.

— Elle a laissé quelque chose, au moins ? un mot ?

— Rien, répondit David d'une voix attristée. Je n'ai rien trouvé.

Claudio se pencha pour étudier le visage de son agent. Deux ans qu'il ne l'avait pas vu : visage ingrat de baroudeur grassouillet. Visage d'un père de rechange. Jamais il n'oublierait tout ce qu'il avait fait pour lui. Malgré sa vision encore floue, il le découvrit vieilli, fatigué.

À nouveau la révolte l'emporta : ce jour aurait dû être un jour de joie totale. Laura gâchait tout.

— Pourquoi est-elle partie ? demanda-t-il.

— Peut-être a-t-elle pensé que tu n'aurais plus besoin d'elle ? risqua David.

— Mais j'ai besoin d'elle.

Le souvenir d'un corps menu entre ses bras, de lui pénétrant ce corps, revint à Claudio et il la voulut.

— Ce n'est pas un départ, c'est une fuite, constatat-il. Appelle-la à Paris, tout de suite. Si elle est partie hier, elle doit être arrivée. Et son mobile, tu as essayé ?

— J'ai tout essayé. Ça ne répond nulle part. J'ai appelé aussi l'Agence. Son retour n'est prévu que lundi.

Claudio laissa retomber ses épaules. Il se sentait écrasé : une montagne sur son cœur.

— Je n'arrive pas à comprendre, avoua-t-il. C'est comme une mauvaise blague. Je me dis que tout à coup elle va être là, riant de sa plaisanterie.

David s'éclaircit la gorge.

— Et si elle était partie pour que tu ne la voies pas ?

— Pour que je ne la voie pas ? Elle est donc si moche que ça ?

— Elle n'est pas moche, elle a du charme, beaucoup de charme... Un joli regard...

— Alors mal foutue ?

— Plutôt bien foutue au contraire : en petit format.

Un rire douloureux monta en Claudio : ça, il le savait. Ses mains le lui avaient dit. Son plaisir aussi.

— Sais-tu ce qu'Hélène en pense ? Elle pense qu'elle est insignifiante.

— Il est vrai que ce n'est pas le genre de fille sur laquelle on se retourne dans la rue.

— Mais qu'est-ce que ça peut me foutre ? cria à nouveau Claudio. J'en ai ma claque des gens qui se retournent dans la rue. Par la même occasion, il arrive qu'ils me bousillent les yeux.

Il se leva à nouveau.

— Eh bien, on va aller la chercher. Je sors demain. Tu prends des places pour le premier avion, Concorde ou non, je m'en balance. Et tu peux me croire : elle va voir ce qu'elle va voir.

Et David redouta que ni les uns ni les autres ne voient rien du tout.

27.

Le Dr Leblond tendit à Claudio une poignée de mouchoirs en papier afin qu'il essuie les gouttes qui coulaient de son œil.

— Une parfaite réussite, se réjouit-il. Merci à l'ami Miller. J'ai bon espoir que vous retrouviez une acuité visuelle de bonne qualité.

— C'est-à-dire ?

— Pourquoi pas sept, ou même huit dixièmes ? Mais pas immédiatement, bien sûr. Il vous faudra un peu de patience.

Ils quittèrent la salle d'examen pour passer dans le bureau du professeur et prirent place dans deux fauteuils côte à côte. Une spécialité de Leblond : agir avec ses patients comme avec des amis.

— Quand pourrai-je recommencer à travailler ? s'enquit Claudio.

— Accordez-vous deux ou trois semaines de congé. Ce qui ne vous empêchera pas de faire vos exercices, lui conseilla le médecin. Et après... envolez-vous !

— Et les risques ?

170

— N'y pensez pas. Contentez-vous de suivre mes prescriptions. Et si vous ne pouvez pas vous empêcher d'y penser quand même, dites-vous... qu'on pourra toujours recommencer maintenant que vous y avez pris goût, ajouta-t-il avec humour. Mais cela m'étonnerait. Le donneur vous a fait un cadeau de roi.

— J'aimerais pouvoir le remercier, soupira Claudio. Au moins ses parents. Si ceux-ci le souhaitent, bien sûr. Et leur envoyer une cassette du premier opéra que je chanterai grâce à leur fils. Ou à leur fille, ça, je ne le saurai jamais.

— Grâce à un ange, constata joyeusement Leblond. Quant à moi, j'espère bien être invité à assister à cet opéra.

— La salle se remplit, remarqua Claudio avec un rire. Miller m'en a fait lui aussi la demande.

Sans compter son père et Laura.

Dans le Concorde, ils n'avaient parlé que de cela, David et lui : du prochain opéra auquel Claudio participerait. Son agent prétendait avoir déjà sa petite idée mais n'avait pas voulu lui en révéler davantage.

— Il y en a une que vous pouvez remercier aussi, votre petite sœur ! dit Leblond.

— Mais je n'ai pas de petite sœur, vous le savez ! Je suis fils unique.

Le médecin sourit malicieusement.

— C'est pourtant bien elle qui est venue me voir pour me sommer de vous trouver un greffon au plus vite.

— Laura ? demanda Claudio, le cœur battant plus vite. Laura vous a dit qu'elle était ma sœur ?

— Pour être certaine que je la recevrais ! Et elle m'a passé un savon lorsque je lui ai appris que je ne pourrais pas vous opérer sur-le-champ.

171

Claudio ferma une seconde les yeux. Il y avait en lui comme une porte close à laquelle il ne cessait de frapper en vain. Laura était derrière. Depuis son retour à Paris, vendredi soir, il avait tenté sans résultat de la joindre. Chez elle, à l'Agence... David avait fini par lui avouer qu'elle avait laissé son portable au Pierre. Si cela continuait, il finirait par appeler ses parents. Il n'avait pas encore osé.

— Dites-moi comment elle est, quémanda-t-il.

Leblond le regarda d'un air surpris.

— Mais vous la connaissez mieux que moi !

— Je ne l'ai pas encore vue, expliqua Claudio avec difficulté. Elle m'a accompagné au bloc et après elle a disparu. Elle n'était pas là quand je me suis réveillé.

Dans la voix de son patient, le médecin entendit un cri de détresse. Disparue, la petite ? C'était incompréhensible. Elle semblait tellement attachée à son chanteur.

Le visage plein d'angoisse, celui-ci attendait sa réponse.

— D'après ce que j'ai pu en juger, c'est une sacrée bonne femme, lui apprit Leblond. Armée d'une foi à soulever les montagnes, certaine de savoir vous convaincre là où tous avaient échoué et persuadée que l'opération réussirait.

Il revit Laura dans le fauteuil où se tenait Claudio aujourd'hui, partagée entre larmes et révolte, vibrante, si vivante.

— Elle brandissait Alfredo devant elle en disant qu'il fallait le libérer en vous permettant de chanter *La Traviata*. Lorsque je lui ai appris qu'en France on manquait hélas de donneurs de cornée, savez-vous ce qu'elle m'a proposé ?

Claudio secoua négativement la tête. Penché en

avant, il buvait avidement chaque parole de Leblond : un assoiffé.

— Elle m'a proposé de vous donner l'une de ses cornées, rien que ça !

Claudio reçut le coup en pleine poitrine. Une des cornées de Laura ? Pour lui ? Si ce n'était pas une plaisanterie, si elle tenait à ce point à lui, pourquoi était-elle partie ?

— Avouez que Violetta n'aurait pas fait mieux ! ajouta Leblond avec un rire.

« Tu seras Alfredo », avait dit Laura à Claudio avant de disparaître. Il éprouva une sorte de vertige.

— Et c'est alors que je lui ai parlé de mon ami Miller et de New-York, poursuivit Leblond. Elle était prête à aller au bout du monde si cela pouvait vous donner une chance de revoir.

— Et prête également à payer le voyage de sa poche, ajouta Claudio.

David lui avait appris cela aussi. Et qu'elle avait payé de ses propres deniers son billet de retour.

« Mais après tout, pensa-t-il avec une ironie douloureuse, Violetta ne s'était-elle pas ruinée pour Alfredo ? »

— Et physiquement, comment est-elle ? demanda-t-il au médecin.

C'était une telle frustration que de ne pouvoir la découvrir à présent qu'il en avait la possibilité.

— Petite, mignonne. Jamais on ne soupçonnerait une telle force en elle. Autre chose. Avec mon métier, je suis devenu un peu spécialiste des regards. Le sien est... particulier. Très vif. Blessé. Et, après les larmes, c'est un véritable arc-en-ciel.

Au bout de ses doigts, Claudio sentit les larmes de

Laura. Il les avait fait couler plusieurs fois. Jamais il ne se le pardonnerait.

Leblond rédigea l'ordonnance : des gouttes à mettre régulièrement dans son œil. Prochain rendez-vous dans trois semaines. Plus tôt si Claudio se posait des questions.

Il se leva et le raccompagna jusqu'à la sortie. Le salon d'attente était plein.

— Vous savez que je me demande encore comment cette petite est arrivée à vous convaincre, dit le médecin avant de le quitter.

— Elle m'a ressorti une promesse absurde que je lui avais faite et a menacé de me planter là si je ne m'en acquittais pas. Bref : un chantage éhonté.

— Et c'est ainsi qu'elle vous a sauvé, conclut Leblond.

28

« Elle vous a sauvé. »

Comme s'il ne le savait pas ! Son désir de plus en plus fréquent d'en finir d'une façon ou d'une autre pour échapper à la terreur d'une nuit totale, la douleur lancinante de n'être jamais Alfredo, mais aussi Rodolphe, et don Carlos, et tout autre rôle-titre à l'opéra, où tout cela l'aurait-il mené si Laura n'était pas entrée dans sa vie ?

Laura et son épaule à hauteur de sa main. Laura et sa patience, son humour, ses pudeurs. Laura, son père boulanger et sa sœur Agathe qu'elle appelait « la belle » avec, dans la voix, une fêlure indiquant qu'elle souffrait de ne l'être pas ?

Car tous s'accordaient sur un point : elle avait plus de charme que de beauté. Petite, mignonne, regard arc-en-ciel... et ce corps menu qui l'avait si bien serré en même temps que ses bras le retenaient prisonnier.

Prisonnier d'un moineau des champs.

Claudio avait connu de nombreuses femmes. David le disgracieux le blaguait souvent à ce sujet : « Elles tombent toutes. Tu ne pourrais pas m'en laisser une ou deux ? »

Sa cécité n'y avait rien changé, éveillant en certaines un sentiment maternel dont il n'avait que faire, sa mère y pourvoyant plus que largement. Il lui était arrivé de tomber amoureux. Cela n'avait jamais duré. Très vite, l'une ou l'autre se mettait en tête de prendre dans sa vie une place trop importante. Et, devant son recul, c'était toujours le même reproche : « Tu ne m'aimes pas vraiment. » Difficile de faire accepter à une femme amoureuse que la musique, le chant passaient pour lui avant tout et qu'ils étaient inséparables d'une totale liberté.

Jean-Pierre freina brusquement : « Excusez-moi, monsieur. »

Ils arrivaient porte Maillot et la circulation se faisait plus dense. Claudio regarda les voitures avec curiosité. En deux ans, leurs couleurs avaient changé, plus vives, métallisées, presque agressives. Lorsqu'il conduirait à nouveau, il se promit d'en prendre une plus discrète que celle qui lui avait valu d'être attaqué.

Les salopards !

On ne les avait jamais retrouvés.

Une voiture sur laquelle on ne se retournerait pas. Comme sur Laura ?

De sa main, il boucha l'œil opéré et ne vit plus qu'une vague blancheur laiteuse. Puis il le libéra et le rideau de sa vie se releva.

Je vois !

Chaque fois qu'il faisait ce geste, son cœur se gonflait d'allégresse. Il le faisait tout le temps.

— Monsieur, est-ce que je peux vous dire combien je suis heureux ?

Il répondit au sourire du chauffeur dans le rétroviseur.

— Et moi donc ! Si vous voulez bien, Jean-Pierre, nous continuerons ensemble.

— Merci, monsieur.

Jean-Pierre était le chauffeur de David. Après l'agression, celui-ci l'avait « prêté » à Claudio. Dorénavant, et jusqu'à ce qu'il puisse reprendre le volant, ils avaient décidé de se le partager.

— Et la petite demoiselle ? demanda Jean-Pierre.

— Pour l'instant, elle se repose, répondit Claudio. À propos, comment était-elle avec vous ?

Il ne pouvait s'empêcher de poser des questions sur elle. Il aurait arrêté des passants dans la rue s'il avait su qu'ils la connaissaient.

— Très gentille, très simple. Elle ne voulait jamais que je la raccompagne après vous avoir déposé à Neuilly. Elle disait : « J'ai l'habitude du métro, Jean-Pierre. D'ailleurs, ça va plus vite. Vous voulez qu'on fasse la course ? » Si je peux me permettre, monsieur, elle n'était pas comme certaines.

Claudio eut un sourire : certaines... Corinne Massé, par exemple, son ex-attachée de presse, qui, parce qu'il l'avait mise une ou deux fois dans son lit, se croyait tous les droits. Ou la belle Hélène qui n'hésitait pas à réclamer la voiture pour faire ses courses.

Il avait connu Hélène Reigner quelques mois avant l'agression, lorsqu'elle avait été pressentie pour interpréter Violetta dans *La Traviata*. Jeune, talentueuse, ardente. Et une voix d'une admirable pureté contrastant avec une expérience sexuelle débridée... de courtisane. Il s'en était épris, mais quand, après son accident, elle avait, très généreusement, proposé de s'installer chez lui, comme pour les autres, cela avait été « non ».

Claudio ne s'était décidé que la veille à l'appeler pour la mettre au courant de son voyage aux États-Unis et lui annoncer qu'il avait recouvré la vue. Elle était d'abord restée sans voix, puis, tout en pleurant de bonheur, elle l'avait copieusement injurié. Comment avait-il pu la laisser dans l'ignorance de ce qu'il tramait ? C'était un monstre. Elle le détestait.

Son excès l'avait fait sourire. Il la retrouvait ! Et si elle n'avait été à Bruxelles où elle se produisait le soir même, nul doute qu'elle aurait débarqué directement chez lui.

Hélène était bavarde, aussi l'avait-il conjurée de garder le secret sur l'opération. Il ne tenait pas à ce que la presse s'empare trop vite de l'affaire.

La voiture pénétrait dans la calme avenue bordée de marronniers en bourgeons. Le chauffeur s'arrêta en double file devant la grille de l'hôtel particulier. Claudio en sortit aussitôt.

— Ça ira ! Merci, Jean-Pierre.

En général, celui-ci ne repartait qu'après avoir vu son patron monter les marches du perron, sa clé à la main. Devinant son plaisir de pouvoir se débrouiller seul, il le laissa.

Le jardin miroitait sous le soleil, lac paisible, vert et doré. Il y ferait planter des fleurs : de gros buissons de marguerites, des roses jaunes. Leblond lui avait ordonné des verres correcteurs qu'il lui changerait autant de fois qu'il le faudrait. Claudio espérait n'être pas obligé de porter des lunettes sur scène. La Callas, qui n'y voyait goutte, s'en dispensait bien. Elle assurait même que, libérée du chef d'orchestre, elle pouvait être toute à son personnage ce qui facilitait son jeu...

Il s'arrêta au milieu de l'allée.

N'y avait-il pas une touche de couleur à la branche basse du sapin ?

Le cœur soudain battant, il traversa la pelouse à grands pas. C'était bien la maisonnette aux oiseaux que Laura avait mise entre ses mains lorsqu'il était allé la surprendre dans son studio : toit rouge, murs jaunes, intérieur blanc.

Un espoir insensé monta en lui. Il lâcha la maisonnette et courut vers l'hôtel particulier. La porte n'était pas fermée ! Laura en avait la clé !

— Laura ? Tu es là, Laura ?

Deux femmes sortirent du salon : sa mère et Hélène. Il se figea.

— Au risque de te décevoir, ce n'est que moi, lança Hélène. Je suis venue te dire que je ne te pardonnerai jamais tes cachotteries.

Elle s'approcha et il put lire l'amour dans ses yeux brillants de bonheur. Il avait oublié combien elle était belle. Avec sa longue tresse blonde, son corps généreux. Sa Walkyrie.

Il lui ouvrit les bras. Elle s'y jeta.

— Tout ce que nous allons accomplir ensemble, promit-elle avec un sanglot.

Puis ce fut à la mère de Claudio de s'approcher et de l'embrasser. Elle aussi pleurait. Il pensa à un regard arc-en-ciel et l'écarta.

— Si c'est la petite que tu cherches, elle n'est pas là, dit-elle.

29.

Une célèbre cantatrice avait confié un jour à un journaliste que chaque matin, s'éveillant, elle redoutait d'avoir perdu sa voix. Alors, selon ses propres paroles, elle « lançait un trille » et se sentait rassurée. Non, sa voix, le sel, le sens de sa vie, ne l'avait pas abandonnée.

Depuis le soir où Hélène, Ô ! combien légèrement, lui avait signalé que *La Traviata* passait à la télévision, Claudio n'avait plus chanté. À quoi bon puisqu'il ne serait jamais Alfredo ?

Le ravissement qu'il avait éprouvé, adolescent, en découvrant Violetta dans le film de Zeffirelli, ne s'était jamais éteint. Oui, l'amour était bien cet accord parfait entre deux êtres, âme et chair confondues en une même flamme. Il était bien ce don total où l'on s'oublie soi-même pour le bonheur de l'autre.

Déjà fou de musique, s'il avait tant désiré avoir un jour le rôle d'Alfredo, c'est que dans ses rêves de jeune garçon, tout bonnement, Claudio changeait la fin de l'histoire. Il sauvait Violetta, justifiant ainsi les derniers mots de l'opéra : « Ô joie ! »

« Et si ma voix m'avait quitté ? Si je l'avais perdue en retrouvant la vue ? » se demanda-t-il ce matin-là, à l'instar de la cantatrice.

Debout près du piano, bien droit, les épaules souples, il commença par respirer, faisant circuler l'air dans son corps, se faisant instrument à vent. Puis, le cœur battant, il prit place devant le clavier et attaqua ses exercices.

Sa voix était bien là.

Différente ?

Cet infime changement de couleur, ce chatoiement sombre, ce frémissement qui la parcourait, lui seul, lui semblait-il, pouvait les percevoir car ils venaient du plus profond de lui-même, d'une âme transformée par l'épreuve.

Il avait été un jeune ténor brillant, heureux de son succès, amoureux de la vie et des femmes, dont la voix reflétait le bonheur de vivre.

Durant deux années d'enfer, il était devenu cet homme blessé à mort, amputé de la part la plus importante de son répertoire, privé d'avenir, qui n'avait plus chanté que l'abandon, la souffrance et la nuit.

Il était ce matin le miraculé, hésitant encore au bord de la lumière, au bord de la joie.

« Votre voix m'a appris à mieux voir les couleurs de la vie. »

Une petite fille avait prononcé timidement ces mots. Ces couleurs, elle lui avait permis de les retrouver et puis elle s'était envolée.

Claudio cessa de chanter.

La veille, sans avertir personne, il s'était fait déposer par Jean-Pierre à l'Agence. Son apparition y avait provoqué un mini-séisme. Un essaim de jeunes et jolies personnes l'avait assailli. Bien que portant des lunettes noires, il n'avait pu cacher qu'il les voyait. La plus interloquée, la plus émue aussi, avait été Monique, l'assistante de Laura.

Lorsqu'il avait exprimé le désir de lui parler seul à seul, il avait senti courir un vent de jalousie.

Il y avait deux longues tables dans son bureau. Mis à part un téléphone, celle de Laura était vide. Aux murs, Claudio aperçut quelques photos de lui, une affiche. Il s'en approcha. C'était l'affiche annonçant son concert à Auxerre, là où il avait fait connaissance du moineau.

Il revint en face de Monique.

— Quand l'avez-vous vue pour la dernière fois ?

— Lundi matin, lorsqu'elle est venue chercher ses affaires.

Cela, il le savait. Il l'avait appris par David.

— Vous a-t-elle dit où elle allait ?

La jeune fille secoua tristement la tête.

— Elle m'a seulement dit qu'elle arrêtait et que je devais rester pour prendre les appels et les transmettre à M. May.

— Elle ne vous a pas laissé de numéro de téléphone ?

— Rien.

Claudio regarda les photos au mur. L'idée que Laura puisse se trouver à quelques mètres de lui sans qu'il soit capable de la reconnaître lui était insupportable. Avec un frémissement de crainte et d'espoir, il posa la question pour laquelle il était venu.

— Avez-vous une photo d'elle ?

Monique eut un rire.

— Mais vous ne le saviez pas, monsieur Roman ? Laura détestait les photos. C'était même la grande plaisanterie ici. Dès qu'un photographe approchait elle se mettait hors champ.

Hors champ, son moineau des champs !

Il n'avait plus rien à faire là.

Toutes les filles étaient à nouveau présentes lorsqu'il s'était dirigé vers la sortie. Monique l'avait rattrapé à la porte et lui avait tendu une enveloppe.

— Quand vous la verrez, monsieur Roman, pourrez-vous lui remettre ça ? Elle l'a oublié.

Claudio n'avait pas eu la patience d'attendre d'être rentré chez lui pour ouvrir l'enveloppe. Il l'avait déchirée dans la voiture.

Elle contenait un carnet à spirales, papier à gros carreaux, comme en utilisent les écoliers. Laura avait inscrit son nom sur la première page et, découvrant son écriture, à défaut de la découvrir elle, Claudio avait été soulagé que Jean-Pierre ne puisse voir son visage.

C'était une petite écriture bien droite, serrée, sur laquelle il avait dû coller le nez pour pouvoir la déchiffrer, une écriture comme une confidence faite à soi-même. Dans le carnet, il avait trouvé le nom de toutes les villes où elle l'avait accompagné ainsi que celui de l'œuvre qu'il y avait interprétée et la date de leur déplacement. Pour chacune, elle avait noté les jardins, parcs et églises mais jamais les musées ou les expositions : un plan de promenades.

Oiseau migrateur, elle avait aussi noté Vienne, Genève, Bruxelles, Londres.

« Vous ne voulez pas vous balader un peu ? lui proposait-elle le lendemain de ses concerts. J'ai repéré quelques endroits intéressants. » Et il s'étonnait qu'elle connût si bien les lieux où ils se rendaient.

Tout cela était minutieusement préparé en secret.

Parfois, il acceptait et parfois non. Il lui était arrivé de la rabrouer, comme à Vienne par exemple où, avant l'agression, il avait interprété don José dans *Carmen*. « Pour voir quoi, l'opéra ? Je connais, figure-toi. »

Alors, sans rien dire, Laura avait dû refermer son carnet sur le butin récolté à son intention.

Voilà pourquoi, un jour, alors que Claudio lui demandait comment elle occupait ses soirées, elle avait répondu avec un rire léger : « Je voyage. »

Il posa à nouveau ses mains sur le piano. Lied de Mozart : *Chant du soir pour Laura*.

30.

— Il chante, Monsieur, ça y est ! Il a recommencé, annonce Maria, ravie, à David, à peine a-t-il mis le pied dans le hall.

David s'arrête et tend l'oreille. Claudio chante mezza voce en s'accompagnant au piano.

Maria prend sa gabardine et la suspend, puis elle lui fait signe de la suivre à la cuisine, le lieu de leurs complots. Elle lui a été très utile durant ces difficiles semaines ; il lui en sera toujours reconnaissant.

— Madame est repartie hier, lui confie-t-elle. Ça ne s'est pas bien passé.

— Racontez-moi ça.

— Ils se sont disputés à cause de Mademoiselle Laura. Madame a dit qu'elle n'était qu'une prétentieuse qui s'était montrée très désagréable avec elle. Monsieur Claudio s'est mis en colère. Elle a claqué la porte.

— Eh bien, bon débarras, n'est-ce pas ? conclut David rondement.

Maria sourit. Puis son visage s'assombrit.

— Pourquoi Mademoiselle n'est pas là ? demande-t-elle. Monsieur a besoin d'elle.

David May ne répond pas. « Il n'aura plus besoin de vous. » Combien de temps encore se reprochera-t-il ces paroles dites trop légèrement à une petite fille au cœur brûlant d'amour ? Car il en est convaincu aujourd'hui : Laura aime Claudio. Si elle s'est effacée, c'est de peur qu'il ne soit déçu en la découvrant. Elle a préféré partir, comment dire ? au top de leur relation. Peut-il le lui reprocher ?

Il ne se sent pas le droit de le dire à Maria. Il lui semble que ce serait trahir une amitié. Alors il se contente de poser la main sur l'épaule de la brave femme.

— Espérons qu'elle reviendra.

La porte du salon est entrouverte. Une habitude prise lorsque Claudio n'y voyait plus, histoire de s'assurer discrètement que tout allait bien pour lui. Une habitude à perdre.

Avant d'entrer, il s'arrête quelques secondes. Il est venu porteur de deux nouvelles : une bonne et une mauvaise. Lorsque vous demandez aux gens par laquelle ils préfèrent commencer ; presque tous répondent « par la mauvaise », espérant se réconforter avec la bonne.

David a décidé de faire le contraire : il dira la bonne, l'excellente en premier afin d'amortir le choc de la mauvaise. Ce que vient de lui confier Maria n'a fait que l'y encourager.

Il pénètre dans le salon et écoute.

Cette belle voix brune, David en a suivi la progression depuis bientôt seize ans. Il en connaît chaque nuance. Il lui arrive de penser qu'il a aidé Claudio à forger son instrument, que c'est un peu grâce à lui que son talent s'est développé, et il a beau se traiter de vieux con, cette idée le pose, l'enracine dans son existence de vagabond.

Mozart.

Ainsi s'enfuient les heures les plus belles de ma vie.
Ainsi s'envolent-elles comme en dansant.

David a fermé les yeux pour mieux entendre. N'y a-t-il pas dans cette voix une teinte nouvelle ? Une sorte de frémissement sombre, profond, qui la fait plus... violoncelle ?

Le rideau tombe.
Pour nous la pièce est finie.

Sans qu'il puisse les retenir, les larmes sont montées à ses yeux. Ce n'est plus un cri de révolte qu'il entend mais une plainte sourde, celle d'une âme blessée.

Claudio a cessé de chanter. Il reste quelques secondes immobile puis fait tourner son tabouret.

— J'ai entendu l'homme au pas de Raminagrobis.

David rit et s'approche.

— L'admirateur, le fan... Tu chantes bien, mon fils.

Claudio referme le clavier, se lève.

— Quel bon vent amène le père ?

— Une grande nouvelle.

— Dois-je m'asseoir ?

— Reste debout, tu t'envoleras plus facilement.

— Mes ailes se déploient déjà.

— Le théâtre des Champs-Élysées souhaite monter *La Traviata* avec toi dans le rôle d'Alfredo. Le spectacle est prévu pour la mi-juin. Répétitions dans une quinzaine.

Claudio s'est figé. Puis, d'un pas lent et encore incertain, il va vers la baie, en écarte les battants et sort dans le jardin.

« Le trop grand bonheur est violence, pense David. Il réclame le silence. »

Sitôt rentré de New York et après s'être assuré auprès du professeur Leblond que Claudio pourrait assumer le rôle, il a appelé le directeur du théâtre des Champs-Élysées, son ami. C'était pour ce même théâtre que Claudio répétait *La Traviata* avant l'agression. Le hasard, la chance, David n'a pu s'empêcher de penser le « destin », ont voulu qu'une défection libère la seconde quinzaine de juin. La veille, il a rencontré le directeur et le metteur en scène. Pour que la machine se mette en marche, il ne manque plus que l'assentiment de Claudio.

Celui-ci s'est arrêté près du sapin au milieu de la pelouse. David l'y rejoint. À la branche de l'arbre, une drôle de maisonnette de couleur est suspendue. Du doigt, Claudio la balance.

— Tu seras Alfredo... c'est la dernière chose qu'elle m'ait dite, gronde-t-il d'une voix d'orage. Elle m'a dit ça et puis elle est partie.

David reste décontenancé. Il avait espéré un cri de joie et voilà que Claudio remet Laura sur le tapis. S'il a intensément réfléchi à ce que Claudio représentait pour Laura, il ne s'est guère interrogé sur les sentiments de celui-ci à l'égard de la petite. L'aimerait-il lui aussi ?

Mais non. C'est impossible. Il ne l'a jamais vue, de ses yeux vue. Et jamais « mise dans son lit », comme il se plaît à dire de ses conquêtes. Ses goûts sont tou-

188

jours allés vers les femmes éclatantes, fougueuses, talentueuses. Telles qu'Hélène.

Alors quoi ? l'habitude ? l'affection ? la reconnaissance ?

Claudio se retourne vers lui.

— Je suis allé à l'Agence hier, lui annonce-t-il avec défi.

— Je sais. Je l'ai appris par Henri, répond David calmement. Il m'a appelé. Il regrette de ne pas avoir été là. Il paraît que tu as foutu un sacré bordel. Toutes les filles ne parlaient que de toi, de ta guérison. Après ça, n'espère pas que les journalistes vont rester longtemps dans l'ignorance du miracle.

— Elle n'a rien laissé, continue Claudio comme s'il n'avait pas entendu. Ni adresse ni téléphone.

— Et tu sais ce que ça signifie ? s'énerve David. Qu'elle veut qu'on lui fiche la paix. Arrête de la chercher, respecte sa décision.

— Je la respecterai quand nous nous serons expliqués, explose Claudio. Quand je l'aurai là, en face de moi.

— Mais c'est justement ce qu'elle ne veut pas, tu ne l'as donc pas compris ? Elle ne veut pas que tu la voies.

— Qu'est-ce que tu en sais ?

David sort de sa poche une petite enveloppe. Il est temps d'annoncer la mauvaise nouvelle.

— J'ai trouvé ça dans mon courrier. C'est la clé d'ici ; sans mot ni rien, bien entendu.

Claudio s'empare de l'enveloppe, en sort la clé, la serre dans son poing. Son visage n'est plus que souffrance.

— Pourquoi maintenant ? Pourquoi ne l'a-t-elle pas laissée au Pierre avec le reste ? J'espérais...

— Très probablement parce qu'elle ne l'avait pas emportée à New York et qu'elle a attendu notre retour pour la rendre, explique David d'une voix plus douce.

Claudio tend le poing vers la maisonnette bariolée et, un instant, David se dit qu'il va la détruire. Le poing retombe, le chanteur fait demi-tour et rentre dans le salon. David le suit.

— Pour Violetta, le rôle va être proposé à Hélène. Si tu es d'accord, bien sûr.

C'est ce qui était prévu il y a deux ans. Ils avaient commencé à répéter ensemble les principaux duos de l'opéra.

— Bien sûr, dit Claudio d'une voix éteinte.

— Elle n'est pas avertie. Veux-tu que je m'en charge ?

— Inutile. Je le ferai moi-même ! Elle vient cet après-midi.

31.

Il regarda cette femme abandonnée sur le lit, si belle. Cette artiste pleine de fougue et de talent qui venait de se donner à lui, avec laquelle il avait partagé du plaisir, sa maîtresse, son éblouissante partenaire et il se dit : « Je devrais être heureux. »

Lorsque, en début de soirée, vêtue de parfum, d'or et de mousseline, elle avait sonné à sa porte, il avait décidé de l'être. Pour elle, il avait ouvert une bouteille de champagne et ils avaient joué aux devinettes.

— À quoi allons-nous trinquer ?

Elle aurait droit à trois réponses.

— À ta guérison ? avait-elle demandé.

— C'est déjà fait. Va plus loin.

— À un futur concert que nous donnerons ensemble.

— Tu brûles. Mais c'est encore mieux.

Avec un rire un peu timide, elle, qui ne l'était pas, avait lancé :

— À nos fiançailles ?

Pris de court, il avait, en riant, heurté sa coupe à la sienne.

— À toi. À Violetta.

Et elle avait pleuré de bonheur.

Elle ouvrit les yeux, vit son visage au-dessus d'elle et lui sourit.

— Partons, décida-t-elle. Quelques jours rien que nous deux. Tu achèveras de te remettre au soleil.

— Le soleil est interdit à mon œil tout neuf, plaisanta-t-il.

— Alors, montons vers le nord, n'importe où. Pour effacer ce qui est arrivé et reprendre comme avant.

Avant... lorsqu'ils venaient de se connaître, que Claudio était amoureux. Alors qu'ils commençaient à répéter *La Traviata*. Avant le malheur.

— On n'efface pas, remarqua-t-il. On navigue sur le passé en essayant d'aller de l'avant quand même.

Elle leva les bras pour s'étirer et ses nombreux bracelets tintèrent. Elle faisait le nécessaire pour être bronzée toute l'année et ses blondeurs sur sa peau mate le firent penser à une lionne.

— Je suis tellement heureuse, soupira-t-elle. Je n'arrive pas à y croire.

— J'ai peine à y croire moi aussi, avoua-t-il.

Elle revint contre lui et ils gardèrent un instant le silence. Il eut soudain envie d'être seul.

— Si tu veux bien, ne parle de rien aux journalistes pour l'instant.

— Mais pourquoi ? se plaignit Hélène.

Les médias faisaient partie de sa stratégie. Ils s'appréciaient mutuellement.

— Comment se fait-il que tu n'aies pas encore annoncé que tu avais recouvré la vue ? regretta-t-elle.

— Je n'ai pas envie de bruit pour l'instant. Je n'ai pas envie de répondre aux questions.

— Il le faudra bien un jour.

— David s'en chargera quand je lui donnerai le feu vert.

Elle se redressa sur un coude, guettant sa réaction, parlant d'une voix anodine.

— À propos, ta petite attachée de presse, tu la gardes ?

— Elle a donné sa démission, répondit-il brièvement.

— C'est bien, approuva-t-elle. Une gentille fille, mais sûrement pas à la hauteur de ton retour sur scène. Cela va être un grand événement, ajouta-t-elle avec gourmandise. Notre retour !

Sans quitter Claudio des yeux, elle posa la main sur lui, promenant sur son ventre le bout de ses doigts aux ongles grenat presque noir. Ses doigts richement bagués de diva, venant effleurer son sexe pour l'abandonner avant de le prendre, l'enserrer, le lâcher à nouveau, sorte de chantage amoureux : je veux, je ne veux plus, c'est moi qui décide, appelle-moi, rends-toi.

Il ferma les yeux. La dernière femme qu'il avait eue dans son lit avait été la « petite attachée de presse pas à la hauteur ». Et c'était elle qui lui avait permis de se retrouver sur scène.

« Tu seras Alfredo. »

Il imagina la main de Laura sur lui, fine, légère, sans bague, sans vernis, et un désir violent le prit. Il écarta Hélène et quitta le lit.

— On fuit ? plaisanta-t-elle, mi-figue, mi-raisin.

— On a faim, mentit-il. Je vous invite à dîner où vous voudrez, madame.

Il passa dans la salle de bains. Il devait être près

de huit heures. Après le dîner, il demanderait à Hélène de le mettre dans un taxi. Si elle insistait pour le raccompagner chez lui, il ne lui proposerait pas d'entrer.

Même amoureux, il n'avait jamais eu envie de garder une femme pour la nuit, de la retrouver au réveil, de partager le petit déjeuner. À l'hôtel, lors de voyages dits d' »agrément », il réservait toujours deux chambres. Hélène s'en était souvent plainte. Sa matinée était sacrée, expliquait-il, réservée au silence et au chant.

« Allons-nous boire à nos fiançailles ? » avait-elle demandé un instant auparavant. Il faudrait qu'il prenne garde à ne pas la laisser se faire d'illusions.

Il actionna la douche. Le souvenir d'un corps menu dans son lit *king size* au Pierre lui revint. Un corps discret, comme cherchant à se faire oublier. Un moineau posé un instant à portée de sa main avant de s'envoler. Pour quels cieux ? Le manque l'engloutit comme une eau sombre.

Hélène l'attendait à la porte de la salle de bains, nue. Elle lui tendit une coupe de champagne.

— *Io amo Alfredo*, dit-elle.

32

Un jour, Claudio devait avoir huit ans, l'âge où l'on fait encore des rédactions, on lui avait demandé à l'école de définir « optimisme » et « pessimisme ». Dans son devoir, il avait répondu naïvement : « L'optimisme, c'est papa, le pessimisme, maman. »

Dieu son père allait toujours de l'avant : les projets, les excursions, les voyages... le patin à glace sur le lac de Central Park. La mère de Claudio freinait des quatre fers : trop hasardeux, trop loin, trop dangereux... quand ce n'était pas déraisonnable ou ridicule. Comme si rêver, entreprendre, ou tout simplement s'amuser, lui paraissaient vains, voire méprisables.

Lorsqu'il avait abandonné ses études de droit pour se consacrer au chant, son père l'avait encouragé : « Si c'est ce que tu veux, fonce ! » « Attention », avait dit frileusement sa mère.

Et lorsque, au retour des États-Unis, il avait annoncé à celle-ci : « J'ai déjà récupéré plus de deux dixièmes de vision », certes, elle avait manifesté sa joie, mais en lui glissant à l'oreille un « Surveille-toi quand même » qui lui avait glacé le cœur.

Donnant rendez-vous à son père après presque deux années de silence, Claudio s'était demandé comment il serait accueilli. Jean Roman s'était contenté de quelques mots émus en le serrant dans ses bras.

« J'étais sûr que tout s'arrangerait. »

Il avait été de ceux qui, au lendemain de l'accident, l'avaient poussé à s'inscrire pour une greffe de cornée. Claudio n'avait rien voulu entendre.

« Un père qui croit aux miracles, c'est important », avait dit Laura avant de lui réclamer un petit rab de lune : renouer avec le sien.

Regardant en face de lui cet homme au visage énergique, plein du bonheur des retrouvailles, Claudio comprenait que, une fois de plus, sa mère avait distillé son poison.

« Ton père est parti. Il n'a pu supporter de te voir diminué. Les hommes sont ainsi, lâches dans l'adversité. Je suis là, moi. »

Elle avait tout tenté pour s'installer avec lui à Neuilly. Grâce au ciel – et à David –, il avait tenu bon dans son refus. Mais il avait rompu avec le « fuyard ».

D'une phrase, Jean Roman venait de rétablir la vérité.

— Je ne supportais plus l'atmosphère de deuil permanent dans laquelle elle m'obligeait à vivre. Moi, je croyais en toi.

« Pardonnez-lui », avait demandé Laura.

Il regarda son père droit dans les yeux.

— Pardonne-moi, dit-il.

196

Ils achevaient de dîner dans un restaurant surplombant la Seine, tout près du théâtre des Champs-Élysées. Ce n'était pas un hasard s'il l'avait choisi. Des péniches enrubannées glissaient sur l'eau. Dans les avenues, les arbres commençaient à bourgeonner.

Je vois.

— Et maintenant, as-tu l'intention de revivre avec maman ? demanda-t-il.

— M'en voudras-tu si je te réponds que non ?

Claudio secoua négativement la tête : cette décision le soulageait plutôt.

Il se souvint d'Hélène, hier. À leur retour du restaurant, elle avait insisté pour qu'il la ramène chez lui et, devant son refus, l'avait traité d'égoïste, de vieux garçon.

N'était-ce pas à cause des relations difficiles entre ses parents, de cette mère éteignoir et possessive, qu'il n'avait jamais voulu s'engager ? La crainte d'être pris au piège ? La musique n'avait-elle pas été un prétexte facile ? Ce soir, acceptant de se poser la question, il éprouva un sentiment de libération.

Mais celui-ci ne faciliterait pas pour autant ses relations avec sa fougueuse partenaire.

Le maître d'hôtel leur servit le cognac qu'ils avaient commandé dans de larges verres ballon et ouvrit devant eux le coffret à cigares. Il y en avait de toutes provenances. Jean Roman en choisit un avec soin avant de l'allumer lui-même. Claudio ne perdait aucun de ses gestes et l'odeur boisée, rugueuse, miellée l'emplit d'un bien-être oublié. Se retrouver, ce n'étaient pas seulement des embrassades et des pardons, c'était aussi renouer avec d'anciens plaisirs reposant dans les eaux dormantes du souvenir, ce qu'on appelle des « radicelles », attachées aux racines plus profondes.

— Veux-tu entendre une grande nouvelle ? demanda-t-il. Très bientôt, tu pourras admirer ton fils dans *La Traviata*.

Les yeux de son père flamboyèrent.

— Alfredo ? Vraiment ?

— Alfredo et la belle Hélène dans le rôle de Violetta.

Jean Roman appelait ainsi la cantatrice : la « belle Hélène ». Claudio la lui avait présentée avant son accident et il assurait en être tombé fou amoureux.

— Mon Dieu ! Quel superbe cadeau de guérison tu nous offres là, mon fils ! Vous allez faire un malheur.

« Est-ce bien prudent ? » aurait demandé sa mère.

Claudio se tourna vers Paris. Il chercha le dôme éclairé du Sacré-Cœur, Montmartre.

— J'ai rencontré quelqu'un, dit-il.

Jean Roman dressa l'oreille, surpris par la voix de son fils, une voix soudain sourde, comme étonnée par les paroles mêmes qu'elle prononçait. Il était rare que Claudio se confie.

— C'est une chanteuse ? demanda-t-il avec prudence. Je la connais ?

— Non. Elle n'est pas de la partie mais elle comprend la musique, répondit celui-ci.

Le ton se fit un peu plus vif :

— Je lui ai promis de vous inviter tous les deux à la première de *La Traviata*.

— Alors ce sera double plaisir pour moi.

Claudio but une gorgée de cognac. Son père l'imita. Il avait abandonné son cigare. Être là, toute attention, sans rien presser... Ne pas casser le fil fragile de la confiance, de la confidence.

— Je suppose qu'elle est très belle, hasarda-t-il.

Claudio secoua négativement la tête.

— Il paraît qu'elle ne l'est pas. Pas même jolie. Mais elle a du charme, de beaux yeux.

Il paraît ? Jean Roman resta décontenancé. Claudio montra la salle pleine.

— Tu vois, si Hélène entrait ici, tous les regards la suivraient, les conversations s'interrompraient. Elle, on ne la remarquerait même pas.

— Et comment l'as-tu connue ?

Claudio hésita.

— On me l'a présentée. Elle vient de Normandie, un petit village. Son père est boulanger.

Jean Roman ne put retenir un rire.

— Alors évite de la présenter à ta mère. Je ne suis pas sûr qu'elle apprécierait.

Claudio resta sérieux. Avait-il seulement entendu ?

— Elle est gaie comme une petite fille et farouche comme un oiseau, reprit-il. Avec ça, têtue comme une bourrique et plus charitable qu'une foutue bonne sœur. D'ailleurs, elle croit aux miracles.

À nouveau, il regardait la ville, semblant y chercher celle dont il venait de faire le curieux portrait. Il était arrivé que Claudio lui raconte ses aventures. Le plus souvent, il en plaisantait. Parfois, il parlait en termes grossiers des femmes qu'il avait eues. Pour ne pas employer un autre mot. C'était la première fois que son père l'entendait parler d'amour.

— Devrais-je attendre la première pour que tu me la présentes ? demanda-t-il.

— Souhaitons que non, répondit Claudio brièvement.

Et Jean Roman se demanda pourquoi le regard de son fils était à nouveau comme obscurci par la nuit.

33.

Entendant une voix masculine lui répondre après qu'une fois de plus, presque machinalement, il eut formé le numéro du studio, Claudio a eu peur : une frousse du diable.

Plus tard, il s'interrogerait sur sa cause.

Il a demandé à parler à Laura Vincent.

— Mais elle n'habite plus ici. Je suis le nouveau locataire, a répondu l'homme, et sa poitrine s'est desserrée.

— Est-ce que je peux venir ? s'est-il entendu demander.

À l'autre bout du fil, on a hésité : sept heures du soir, un inconnu... Et qui sait si son interlocuteur ne s'apprêtait pas à sortir ? Alors Claudio a dit qui il était. Généralement, il évitait.

— Vous ? Mais bien sûr, monsieur. Quand vous voudrez...

Jean-Pierre connaissait le chemin. Il l'y avait conduit lorsqu'il était venu rendre les armes au moineau. Cette fois, Claudio n'a pas demandé à son chauffeur de monter. Les lunettes que lui avait ordonnées Leblond amélioraient sensiblement sa vue.

Dans l'escalier, il s'est arrêté pour se souvenir. Ce jour-là, qui lui paraissait si lointain, n'était-il pas heureux sans s'en douter ? Il avait l'espoir et la main de Laura pour le guider.

C'est un jeune homme d'une vingtaine d'années qui lui ouvre. Une odeur de savon emplit le perchoir et Claudio sourit en lui-même : aurait-on fait toilette pour le recevoir ?

Le jeune homme tend la main.

— Je m'appelle Henri Cayeux. Entrez, monsieur. Je suis très honoré.

Tout de suite, Claudio remarque la planche sur les tréteaux et le divan aux trois coussins.

— Elle a laissé ses meubles ?

— Je les lui ai repris. Elle avait tiré un maximum de l'espace. Pour le lit, évidemment, c'est un peu juste.

Les pieds du nouveau locataire doivent dépasser. Quant à y inviter une copine, cela semble exclu.

« L'avantage d'être un petit format », avait commenté Laura avec humour.

Sur le mur, Claudio cherche la reproduction du tableau de Magritte, *Les Grandes Espérances*, mais bien sûr elle n'y est plus.

— Est-ce que je peux vous offrir à boire ?

— Volontiers.

L'émotion lui assèche la gorge. Il suit le dénommé Henri vers la kitchenette – trois pas – prolongée par le coin douche, séparé des casseroles par un simple rideau : un loft de poche, une cage à oiseau.

— Bière ? Coca ?

— Bière, merci.

Le locataire s'accroupit et, d'une glacière à pique-nique, tire deux canettes puis désigne à Claudio le divan-lit où tous deux prennent place côte à côte.

Yeux fermés, Claudio explore les odeurs. L'après-midi où il était venu, cela sentait l'eau de toilette qu'il avait offerte à Laura. « Cela sentait Noël », disait-elle.

Cela ne sent plus que le garçon, les livres et le tabac.

Les canettes ouvertes, Henri en tend une à Claudio.

— Alors vous ne saviez pas que Mlle Vincent avait déménagé ? s'étonne-t-il.

Et lui, qui a caché la vérité à Hélène, la dit tout de go à cet inconnu.

— Je l'ignorais. Et je ne sais pas non plus où elle est. Je la cherche. Tout ce que vous pourrez me dire à son sujet me sera précieux.

— Mais je ne sais rien, se désole le jeune homme. Je ne l'ai vue que deux fois : quand je suis venu visiter et, le surlendemain, quand je lui ai remis le chèque pour les meubles. Tout est allé très vite, vous savez. Elle était archipressée.

— Elle ne vous a pas dit où elle allait ?

— Non.

— Elle n'a laissé aucun numéro de téléphone ?

— Rien.

Rien... Le mot que depuis New-York Claudio ne cesse de recevoir comme un coup. Un mot qui annule tout. Comme si rien n'avait jamais existé entre Laura et lui, que tout s'était volatilisé, effacé au moment même où la vue lui était redonnée.

La nuit s'empare à nouveau de lui. Il boit quelques gorgées de bière. Elle est tiède.

— Comment avez-vous trouvé ce studio ?

— Par son voisin, un vieux monsieur à qui je rends parfois service. C'est lui qui m'a averti qu'elle allait partir. La propriétaire a bien voulu que je prenne la suite. J'ai eu beaucoup de chance : voilà longtemps que je cherchais quelque chose de décent.

Le regard de Claudio fait le tour des deux chambres de bonne réunies. Quelque chose de décent... Le mieux, ce sont les fenêtres presque accolées, qui semblent tirer le ciel dans le studio. Presque du Magritte. À ces fenêtres, le peintre aurait dessiné un visage. Ou un oiseau ?

Claudio ne demande pas au jeune homme de lui décrire Laura. Il connaît la réponse : il l'a donnée hier à son père.

— Qu'étudiez-vous ? s'enquiert-il en montrant la table où s'amoncellent livres et dossiers.

— Je prépare une licence de lettres ; je voudrais enseigner le français. J'aime aussi beaucoup la musique. Je faisais du piano quand j'étais petit. J'ai dû arrêter faute de place.

Il a montré ses quelques mètres carrés. Et il dit aussi :

— J'ai plusieurs CD de vous, monsieur. Je vous admire beaucoup. Je suis vraiment heureux que vous ayez recouvré la vue.

— Je vais prochainement interpréter Alfredo dans *La Traviata*, lui apprend Claudio.

Les mots sont venus naturellement sur ses lèvres. Peut-être à cause du piano dont est privé le jeune homme : une sorte de présent qu'il lui offre. Avec son père, il aura été le premier à apprendre la grande nouvelle.

— Je vous enverrai une place, ajoute-t-il.

— Oh ! merci, merci ! s'exclame Henri Cayeux, ravi.

Et soudain il fronce les sourcils, se lève.

204

— Attendez.

Dans une pile sur sa table, il prend un livre et le tend à Claudio.

— Je l'ai trouvé derrière le divan.

C'est un livre de poche : *La Dame aux camélias*. Claudio l'ouvre. Le prénom de Laura est marqué sous un autre : un livre d'occasion.

— C'est bien de ce roman qu'a été tirée *La Traviata*, n'est-ce pas ? demande l'étudiant.

— En effet.

Laura lui avait dit l'avoir lu, jeune fille. L'aurait-elle racheté ?

— Puis-je le garder ?

— Bien sûr ! Vous le rendrez à Mlle Vincent quand vous l'aurez retrouvée.

L'étudiant a dit ces mots avec conviction, une façon de faire comprendre à Claudio qu'il croise les doigts pour lui. La poitrine serrée, ce dernier se lève.

— Merci.

Avant de sortir, ses yeux font une dernière fois le tour du « logement décent » où Laura se retrouvait après l'avoir laissé dans son luxueux hôtel particulier.

« Que fais-tu le soir ?

— Je voyage. »

Et tandis qu'il redescend l'escalier une vague de tendresse l'emplit. « Quand vous l'aurez retrouvée », a dit l'étudiant.

Quand il l'aura retrouvée, il l'aidera à se loger mieux. Au besoin, il la prendra à Neuilly. Il a des chambres à ne savoir qu'en faire, Maria l'aime bien. Et ainsi pourra-t-il s'assurer qu'elle ne s'envole pas à nouveau. Y a intérêt !

Il s'arrête sur une marche, incrédule, partagé entre l'ironie envers lui-même et la douleur, l'envie de rire et de crier. Ne vient-il pas de projeter d'installer une femme chez lui ?

Pauvre Hélène !

34.

La retrouverait-il jamais ?

Il était allé à l'Agence, il avait grimpé dans son perchoir et interrogé tous ceux qui l'avaient approchée ces dernières semaines. En vain.

Lui restait sa famille : le papa boulanger, la mère, la belle.

Laura ne pouvait les avoir laissés sans nouvelles. Elle y était trop attachée. Et qui disait qu'elle ne s'était pas réfugiée là-bas, à Villedoye ?

Sur son ordinateur, Claudio n'avait trouvé qu'un seul Vincent dans le village : Fernand. Jamais Laura n'avait prononcé le prénom de son père, toujours « papa », comme une petite fille. C'était bien Fernand.

Il avait déjà appelé deux fois. À chacune, c'était la mère qui avait décroché : une voix forte, colorée.

— Elle n'est pas à la maison, monsieur. C'est de la part de qui ?

La première fois, il avait répondu que c'était l'Agence. La seconde, David.

— Vous ne savez pas où on peut la joindre ? C'est important.

Le « non » avait été sans appel. Laura avait-elle laissé la consigne de ne rien dire ? Ne rien *lui* dire ? Il avait raccroché plein de honte et de colère.

Mai était là avec sa tendresse, ses fleurs, ses promesses. Les répétitions allaient bientôt commencer. Claudio décida de se rendre à Villedoye.

Laura lui avait si souvent décrit son père qu'il lui semblait le connaître. C'était lui qu'il souhaitait rencontrer. Lorsqu'il téléphona à la mairie pour s'informer du jour de fermeture de la boulangerie, l'employée dut le prendre pour un farfelu mais elle lui répondit : « Le lundi. » Quelle heure serait la plus propice pour débarquer à l'improviste car, s'il s'annonçait, il redoutait qu'on ne le reçût pas. Il se décida pour quinze heures trente, après déjeuner et sieste. Si Fernand était sorti, eh bien, il l'attendrait tout le temps qu'il faudrait.

Le village se trouvait en pleine campagne, à une vingtaine de kilomètres de Deauville. Claudio demanda à Jean-Pierre de l'y conduire.

— Nous allons rendre visite à la famille de Mlle Vincent, se contenta-t-il d'indiquer.

Le chauffeur ne fit pas de commentaires et il lui en fut reconnaissant.

Pour le recevoir, Henri l'étudiant s'était fait beau. Claudio choisit avec soin sa tenue pour se présenter au boulanger : veste et cravate. Se mettre en négligé serait lui manquer de respect. Il leur fallut environ deux heures pour arriver à bon port.

Le temps était au vent et aux nuages, mais les pommiers fleurissaient dans les jardins et, sur le seuil des maisons, de plantureux massifs d'hortensias s'épanouissaient. La boulangerie-pâtisserie se trouvait sur une petite place non loin de l'église. Claudio demanda à Jean-Pierre de l'attendre devant celle-ci.

— Bonne chance, Monsieur, murmura le chauffeur lorsqu'il quitta la voiture, et sa poitrine s'alourdit encore.

Les quelques commerces étaient fermés, rues et ruelles désertes. Ainsi, Laura avait poussé dans ce calme, presque cette apathie. Que de personnalité et de volonté lui avait-il fallu pour s'en échapper, devenir la jeune fille vive et spirituelle qu'il avait connue.

Sur la route, il avait demandé à Jean-Pierre de lui décrire sa voiture, et Jean-Pierre avait ri : « Une ruine, monsieur ! Mademoiselle disait qu'elle était réservée à vous et à la Normandie. »

Il n'y avait aucune ruine de cette marque aux environs de la boulangerie.

Un simple rideau de toile beige était baissé sur la vitrine. La maison ne comptait qu'un seul étage. Les fenêtres y étaient ouvertes, un rideau volait. Claudio frappa à la porte adjacente à la boutique. Il entendit un pas lourd descendre un escalier, et Fernand Vincent apparut.

C'était un petit homme à l'abondante chevelure poivre et sel et au regard châtain-vert, le regard de Laura ? Claudio n'y vit aucun arc-en-ciel, seulement de la méfiance : Fernand Vincent l'avait reconnu.

— Laura n'est pas là, dit-il abruptement. Ma femme non plus. Ma femme est allée à Deauville voir la grande.

Il semblait reprocher au chanteur de l'avoir surpris alors qu'il était seul à la maison. Il portait un jean, un polo, et ses pieds étaient nus dans des espadrilles. Claudio avait-il troublé son repos ?

— C'est pour vous que je suis venu, dit-il. C'est à vous, monsieur, que je désirerais parler.

Une vieille femme apparut sur la place, un cabas au bras. Le père de Laura s'effaça.

— Entrez !

Ils se trouvaient dans un vestibule étroit où des cirés étaient suspendus, des bottes de toutes tailles à leurs pieds. Le boulanger désigna une porte.

— S'il vous plaît.

C'était sûrement la salle à manger : une table ronde recouverte d'une toile cirée, quelques chaises, des assiettes aux murs, une petite bibliothèque et un poste de télévision. Cela sentait le pain.

— Prenez place.

Claudio s'assit devant la table. Sur celle-ci, il y avait une boîte à couture et, dessus, la robe d'une fillette.

— Vous voulez boire quelque chose ?

— Non, merci, c'est fait.

L'homme parut soulagé. Il choisit une chaise en face de Claudio, croisa les mains sur la table et attendit.

Le ténor avait fait face à des salles combles. Il avait affronté les caméras des télévisions un peu partout dans le monde et répondu aux questions de centaines de journalistes. Il lui était arrivé de serrer la main de chefs d'État. Cet après-midi-là, devant le boulanger de Villedoye, il se sentait comme un collégien venu quémander une faveur, redoutant de se la voir refuser.

— Je cherche en effet Laura, dit-il. Elle m'a permis de recouvrer la vue. Je voudrais l'en remercier mais elle a disparu et je n'ai aucune idée de l'endroit où elle se trouve. J'ai pensé que vous en aviez peut-être des nouvelles.

— Nous en avons de temps en temps, reconnut le père avec prudence.

— Elle a démissionné de l'agence qui l'employait et elle a déménagé. Pour être franc avec vous, j'ai l'impression qu'elle me fuit et je ne comprends pas pourquoi, continua Claudio avec difficulté. Je sais qu'elle vous parlait parfois de moi. Vous en a-t-elle donné la raison ?

— Non, monsieur. Elle nous a seulement dit qu'elle avait changé de travail et d'appartement.

L'homme était sincère. Claudio le lut dans son regard. Fernand Vincent n'en savait pas plus que lui sur les raisons de la fuite de sa fille.

— L'avez-vous revue depuis son retour des États-Unis ? demanda-t-il.

La stupéfaction agrandit les yeux de son interlocuteur.

— La petite est allée aux États-Unis ?

— C'est là que j'ai reçu ma greffe de cornée : à New York, expliqua Claudio.

La veille de l'opération, la « petite » et lui avaient composé le menu de leur dîner en fonction de cet homme et de sa femme. Plus tard, Laura était venue dans sa chambre.

— Elle nous a en effet appris que vous aviez retrouvé la vue, monsieur. Nous avons pensé que c'était pour ça qu'elle ne travaillait plus pour vous. Nous nous sommes dit que vous n'aviez plus besoin d'elle.

Plus besoin d'elle... La poitrine de Claudio se serra douloureusement. Si seulement !

— Vous a-t-elle appris ce qu'elle faisait maintenant ?

— Non, monsieur, nous l'ignorons.

— Savez-vous où elle habite à présent ?

— Elle ne nous l'a pas dit non plus.

— Mais elle vous a au moins donné un numéro de téléphone ?

— C'est toujours elle qui nous appelle.

Fernand Vincent avait répondu avec lassitude, comme s'il reprochait lui aussi à Laura une sorte d'abandon. Dire qu'il avait espéré la trouver là !

« Têtue comme un bourrique », avait dit Claudio à son père. Ô combien ! Ne voulant pas qu'il la retrouve, elle effaçait systématiquement ses traces. Et David avait raison : il ferait mieux d'abandonner.

Je vois, je vais être Alfredo, j'ai retrouvé mon père... Qu'avait-il à faire de cette emmerdeuse ? Cette petite fille même pas jolie ? Que foutait-il à perdre son temps ici alors que tant de grands projets l'attendaient ?

Mais si Claudio voyait, s'il allait être Alfredo, s'il avait renoué avec Jean Roman et le parfum du cigare paternel, c'était bel et bien grâce à l'emmerdeuse.

Son regard alla vers la bibliothèque. Entre les livres, il remarqua une grande photo dans un cadre. Réprimant les battements de son cœur, il se leva et alla vivement s'en saisir, comme s'il craignait qu'on ne l'en empêche.

La photo avait été prise sur les fameuses planches de Deauville. Fernand Vincent et son épouse, une belle et forte femme plus grande que lui tenaient les épaules de deux fillettes debout devant eux : une blonde filiforme aux longs cheveux lisses et une brunette à frange qui fixait l'objectif d'un air farouche.

Claudio se pencha sur la petite, le cœur fondant de tendresse : cinq, six ans ? Un oisillon.

Le cadre toujours entre les mains, il se tourna vers le père.

— N'auriez-vous pas d'autres photos d'elle ? des photos plus récentes ? supplia-t-il. Vous comprenez, je ne l'ai encore jamais vue.

— Laura n'aime pas les photos. Pour ça, c'est le contraire de sa sœur, répondit brièvement Fernand en regardant ailleurs.

Et Claudio comprit que, s'il en avait possédé, il ne les lui aurait pas montrées sans l'autorisation de sa fille. Et il sut également qu'il serait vain de demander à visiter sa chambre.

Le père releva soudain la tête et le fixa avec colère.

— Elle est malheureuse, accusa-t-il. Elle peut toujours essayer de le cacher, nous on le voit bien. Qu'est-ce que vous lui avez fait ?

— Je ne sais pas. Vraiment pas, répondit Claudio avec effort. Et moi aussi je suis malheureux. Je ne demande qu'une chose, monsieur. Qu'elle revienne.

Il s'interrompit pour avaler sa salive. Sa gorge était plombée.

— Puis-je vous demander un service ?

La méfiance assombrit à nouveau le visage de Fernand Vincent. Il ne répondit pas.

— Quand elle vous appellera, dites-lui que je l'attends. Dites-lui que la clé est toujours dans sa cachette. Elle comprendra.

Pour la première fois, il vit passer un peu de chaleur dans le regard de l'homme.

— Je le lui dirai.

Claudio remit le cadre à sa place, entre les livres : des romans de Delly à couverture rose. Malgré lui, il sourit : ne vivait-il pas une histoire qui n'aurait pas dépareillé celles qu'aimait à écrire l'illustre écrivain ? Le héros à la recherche éperdue de l'héroïne disparue.

Le père s'était levé. L'audience était terminée.

— Merci de m'avoir reçu, dit Claudio. Et pardonnez-moi de vous avoir dérangé.

Des écoliers, sac au dos, admiraient la voiture devant l'église. Jean-Pierre se tenait à l'extérieur, adossé à un arbre. Voyant apparaître son patron, il remit sa casquette et alla ouvrir la portière.

Sur le seuil de la porte, le boulanger hocha la tête, comme s'il découvrait là une explication à la disparition de sa fille. Claudio eut envie de lui dire que ce n'étaient ni sa voiture ni son chauffeur mais ceux de son agent. Décidément, il devenait parfaitement ridicule. Pardon... merci... cette voiture n'est pas la mienne... Avait-il à se justifier d'être un ténor reconnu et de vivre bien de son travail et de son talent ?

Les deux hommes se serrèrent la main.

— Le pain et la musique, c'est vrai que vous lui avez dit ça ? demanda le père.

— Les deux nourritures indispensables à la vie, compléta Claudio.

Un reproche passa dans le regard sombre posé sur lui.

— Vous oubliez l'amour, monsieur.

35

Je vis d'un amour secret
Cet amour qui fait palpiter
l'univers entier
Amour mystérieux,
tourment et délice du cœur.

Voici que ces paroles, chantées par Alfredo pour Violetta durant le premier acte de *La Traviata*, Claudio les faisait siennes.

Moins le « délice du cœur ».

Si, lorsqu'il avait appelé le perchoir, entendant un homme lui répondre, une peur horrible l'avait empoigné, c'est que, durant quelques secondes, il s'était imaginé que Laura avait rencontré quelqu'un.

Si chaque jour, à trois heures du matin, et bien qu'il ait recouvré la vue, il se réveillait dans l'angoisse, cherchant une épaule, une main, une voix... Et que dans les bras d'Hélène, passé un bref instant de plaisir, la tristesse l'emplissait, l'envie de se sauver...

Et si, enfin, le pain et la musique ne suffisaient plus à nourrir sa vie...

N'était-ce pas qu'il aimait Laura ?

Amour mystérieux. Et d'abord pour lui-même. Comment Claudio, qui se flattait d'avoir toujours su garder ses distances vis-à-vis de ses conquêtes, qu'aucune n'avait jamais réussi à ligoter, avait-il pu se laisser piéger ?

Amour secret dont, jusque-là, il avait voulu ignorer l'existence.

Une nuit – c'était à Nice l'automne dernier, lorsqu'il était allé là-bas chanter Mendelssohn – Claudio avait demandé à Laura ce qu'était l'amour pour elle et il s'était amusé de ses réponses.

« La respiration coupée et, en même temps, l'impression de n'avoir jamais si bien respiré. »

Depuis sa disparition le souffle lui manquait. Respirer était comme avoir une montagne intérieure à soulever : « l'univers entier » ? Et s'il s'imaginait avec elle, il décollait.

« Une brûlure comme pas permis, avait dit aussi Laura. Et tout ce qu'on demande, c'est de continuer à brûler. »

La seule évocation de son nom, d'un corps menu entre ses bras, une photo de petite fille dans une bibliothèque, et il flambait. Et non, bon Dieu, il ne voulait pas continuer à brûler puisqu'elle n'était pas là pour éteindre le feu.

Enfin, d'une voix timide, comme étonnée par ses propres paroles, Laura avait dit : « On a l'impression qu'avant on faisait seulement semblant de vivre. »

Ah bon ? Lorsqu'il possédait encore ses deux yeux et que, plein de passion pour son métier, il allait de fête en fête, de succès en succès, Claudio faisait semblant de vivre ? Allons donc ! Si c'était ça, il ne demandait qu'à rempiler.

« Tu parles comme dans les chansons », s'était-il moqué.

Elle avait acquiescé : « Comme dans les lieder de Mozart. »

Celui-ci, par exemple ?

Comment pourrais-je vivre, ô petite fille, sans toi ?
Étranger à toute joie, je survis dans la souffrance.

Un lied qui s'appelait : *Chant de la séparation.*

Les répétitions ont commencé au théâtre des Champs-Élysées. Le metteur en scène est le même que celui pressenti deux années auparavant : un ami de Claudio. Ami également, le baryton italien à qui a été confié le rôle de Germont, père d'Alfredo. Ils ont souvent chanté ensemble.

Tout se met en place harmonieusement comme si le retour sur scène de Claudio, son opération réussie avaient été attendus, programmés.

David a engagé un attaché de presse. Masculin. Avertis de ce retour, les journalistes se montrent en général discrets sur l'opération. Se souvenant que le chanteur claquait la porte lorsqu'ils l'interrogeaient sur son infirmité et les circonstances qui l'avaient provoquée, ils parlent essentiellement de l'œuvre de Verdi et du couple exceptionnel que Claudio forme avec sa partenaire habituelle : Hélène Reigner.

Ah ! si vous étiez mienne,
comme un gardien je veillerais
sur vos aimables jours.

Cet après-midi-là, ils sont nombreux sur scène à répéter le premier acte où, lors d'une joyeuse fête, Alfredo déclare sa flamme à Violetta, quand soudain Hélène repousse Claudio.

— Suffit !

La voix est furieuse, le visage de la cantatrice embrasé par l'indignation. Tous les participants se figent.

— Regarde-moi, ordonne-t-elle d'une voix rauque au chanteur.

— Mais je ne fais que ça...

— Pas comme avant. Tu ne me regardes pas comme avant.

— C'est que je n'ai plus qu'un œil pour t'admirer, tente de plaisanter Claudio.

Hélène secoue la tête avec colère.

— Ce n'est pas pour moi que tu chantes, tu le sais bien.

Et, à la consternation générale, elle quitte la scène.

Claudio se tait. Oui, il sait.

Cela s'est passé la veille. Ils venaient de quitter le théâtre : dix-huit heures, une soirée douce et parfumée. Pour se détendre, ils avaient décidé de marcher un peu.

Une répétition est à la fois un moment d'exaltation et une épreuve. Le moment pour l'artiste de s'abandonner à son personnage, s'efforcer d'éprouver ce qu'il éprouve, faire siens ses sentiments et les transmettre sans pour autant renoncer à être lui-même. C'est ainsi qu'il convaincra.

Une sorte d'enfantement dont on sort heureux et vidé.

Claudio et Hélène ont gagné les Champs-Élysées tout proches. Une petite foule circule dans les allées sous les arbres où explosent les bourgeons. Hélène a pris le bras de son compagnon. Contrairement à son habitude, elle est silencieuse. Préoccupée ?

Et soudain Claudio se fige. Cette odeur ! Une odeur qui annule toutes les autres – celle d'une eau de toilette : « Elle ».

La jeune fille qui la porte vient de les dépasser. Petite, mince, cheveux châtains mi-longs, elle est seule. Le cœur de Claudio s'emballe, il ne peut contrôler l'espoir. Il lâche le bras d'Hélène et rejoint la marcheuse. Il pose la main sur son épaule.

— Laura ?

La jeune fille se retourne. Elle a un joli visage, des yeux foncés.

— Mais je ne m'appelle pas Laura, monsieur.

La main de Claudio retombe. Non, ce n'est pas Laura. Et ce n'est pas non plus sa voix, légèrement cassée : miel sauvage. Comment a-t-il pu l'imaginer ? Décidément, il devient fou.

— Pardonnez-moi, mademoiselle.

L'inconnue a repris son chemin. Près de Claudio, Hélène se dresse, les yeux brillants de colère et d'humiliation.

— C'était donc ça, siffle-t-elle entre ses dents. C'est elle.

Il ne nie pas.

« Ce n'est pas pour moi que tu chantes, tu le sais bien. »

Hélène vient de quitter la scène. Tous entourent Claudio.

— Mais qu'est-ce qui lui arrive ? Qu'a-t-elle voulu dire ? Tu y comprends quelque chose, toi ? demande le metteur en scène.

Claudio s'efforce de rire.

— Caprice de diva. Ne vous en faites pas, elle reviendra.

En l'attendant, ils répéteront une autre scène. L'inconvénient, dans *La Traviata*, est que Violetta est omniprésente. Toute l'action est centrée sur elle et sur ses sentiments : amour, générosité, renoncement. Et, lorsqu'elle est absente, on ne parle que d'elle.

Hélène ne reviendra que le lendemain.

36.

Le journal était déployé sur la table de la cuisine,
un journal populaire qui faisait chaque matin la une
des kiosques. Maria l'avait apporté avec le pain frais.

Entrant pour saluer celle-ci et demander son petit
déjeuner, Claudio venait de le découvrir.

Sous le titre : « Claudio Roman et Hélène Reigner :
une histoire d'amour ? », la photo du couple s'étalait
en pleine page. Penché sur sa partenaire, Claudio semblait près de la dévorer tandis qu'Hélène dardait sur
lui un regard plein de passion. Une photo prise lors
d'une répétition.

La « couturière », répétition avec costumes, n'étant
prévue que dans une quinzaine, tous deux portaient
leurs vêtements habituels. Pour Claudio, jean et pull,
pour Hélène, corsage léger et jupe. On aurait pu les
supposer ailleurs que sur scène : un couple amoureux
comme tant d'autres.

La colère déferla en Claudio. Il tomba sur une
chaise pour lire l'interview qui accompagnait la
photo.

Hélène y clamait son bonheur d'incarner l'héroïne du célèbre opéra avec son partenaire favori : un projet de longue date, un beau rêve enfin réalisé.

Enhardi, le journaliste faisait allusion à des relations plus intimes.

« Il semblerait en effet que Claudio Roman et vous, vous vous connaissiez bien.

— Certains vous diraient même "mieux que bien" », paraissait s'amuser Hélène.

Flairant le scoop, le journaliste n'hésitait pas à aller plus loin.

« À ce "mieux que bien", Hélène Reigner, voyez-vous un avenir moins cruel que celui de Violetta et d'Alfredo ?

— *Chi lo sa ?* » répondait Hélène.

— Qui sait... La salope, comment a-t-elle osé ? cria Claudio.

Il se releva. Près de lui, Maria se faisait toute petite.

— Pardonnez-moi, Monsieur, je pensais que vous étiez au courant.

— Au courant de quoi ?

Il montra le titre chapeautant la photo : « De notre histoire d'amour ? Vous l'étiez, vous ? »

Il sortit dans la cour et tenta de respirer. Une peur terrible l'étouffait : si Laura voyait cette photo, si elle lisait ce texte, ne penserait-elle pas qu'il l'avait effacée de sa vie ?

La cour donnait sur l'arrière de la maison. Elle servait de débarras à Maria. Parmi les bouteilles à jeter, il en remarqua une, de champagne. « À nos fiançailles ? » avait interrogé Hélène.

Puis il y avait eu cette jeune fille sur les Champs-Élysées.

222

C'était clair : elle se vengeait.

Il revint dans la cuisine où se répandait l'odeur du café. Sur le plateau, Maria avait déjà mis la tasse, le pain et les confitures. Il n'avait plus faim.

Il leva les yeux et regarda, sur une étagère, la maisonnette pour les oiseaux. Il l'avait lui-même détachée du sapin et rangée là. Un moment, il avait songé à la garder dans sa chambre. Pourquoi pas au salon pendant qu'il y était. Qu'est-ce qu'il devenait con !

Servirait-elle l'hiver prochain ?

La douleur l'étreignit.

— Pourquoi est-elle partie ? murmura-t-il.

Maria le regarda, semblant hésiter.

— Pourquoi, Maria ? Vous le savez, vous ?

— Elle a dû avoir peur, Monsieur. Vous n'êtes pas du même monde.

— Mais ça ne veut plus rien dire aujourd'hui, se rebella-t-il.

— Pour nous, si, Monsieur.

Le café était prêt. Elle remplit un pot et le posa sur le plateau.

— Prendrez-vous votre petit déjeuner au salon ?

— Ici, s'il vous plaît.

Il reprit place devant la table. Maria avait replié le journal comme pour le protéger mais n'avait pas osé le faire disparaître. Pas du même monde... Claudio savait bien qu'elle avait raison. Cela voulait dire qu'elle l'appelait « Monsieur » et lui par son prénom, qu'elle faisait son lit, lavait son linge, cirait ses chaussures, préparait ses repas et qu'en quinze années de coexistence ils n'en avaient pas partagé un seul.

Sans qu'aucun des deux ne trouve à y redire.

« Évite de la présenter à ta mère. Je ne suis pas sûr qu'elle apprécierait », avait dit Jean Roman en riant lorsque Claudio lui avait appris que Laura était fille de boulanger.

Et le regard du boulanger sur la voiture avec chauffeur ne disait pas autre chose.

Deux mondes différents.

— Pardonnez-moi, Maria, murmura Claudio.

Avec un soupir, il désigna la photo sur le journal.

— Mais vous voyez, ce n'est pas cette femme-là que je voudrais avoir près de moi.

Celle que David appelait en riant sa « nounou » hocha la tête comme si elle comprenait. Pas une seule fois ils n'avaient prononcé son prénom et pourtant la « petite », l'insignifiante, la modeste dont il y avait apparemment si peu à dire, emplissait les lieux de sa présence.

— Alors c'est que vous aussi, vous l'aimez, constata Maria.

Lui aussi ?

Le cœur de Claudio battit plus fort. Maria ne venait-elle pas de dire que Laura l'aimait ?

Hélène Reigner habitait également un sixième étage. Mais avec double ascenseur, dans un appartement avec terrasse donnant sur le bois de Boulogne, où auraient tenu dix perchoirs à moineau.

Onze heures allaient sonner lorsque Claudio tambourina à sa porte. Elle avait à plusieurs reprises proposé de lui en donner la clé, il avait toujours refusé.

Une jolie personne en tablier, appartenant à l'autre monde, l'accueillit avec un grand sourire.

— Monsieur Roman. Madame va être contente !

« Madame » s'était couchée tard et venait de prendre son bain. Il la trouverait sur la terrasse.

En peignoir, dans une balancelle, Hélène ouvrait

224

son courrier, protégée du bruit et des regards par une barrière de résineux. Elle leva les yeux sur Claudio.

— Tiens, te voilà ?

Il s'approcha et jeta le journal sur les genoux de la cantatrice.

— Qu'est-ce qui t'a permis ?

Elle le déplia tranquillement et regarda leur photo en hochant la tête.

— Nous sommes plutôt bien, tu ne trouves pas ? Je n'avais pas le droit ?

Dans ses yeux, l'ironie, le défi. Il la détesta. C'était bien une vengeance.

— Cette photo a été publiée sans mon autorisation.

— Mais avec la mienne et celle de la production, très cher. Et en ce qui concerne l'interview, il ne m'a pas semblé trahir des secrets d'État. Nos relations sont connues et ne sommes-nous pas partenaires dans une grande et belle aventure ?

Elle quitta la balancelle, laissant le journal glisser à terre.

— Quant à notre avenir, je veux espérer qu'il existera à nouveau lorsque tu te seras sorti de la tête cette petite de rien du tout.

La voix avait frémi de colère. Elle rentra dans le salon. Claudio la suivit.

— Tu sembles oublier que la petite de rien du tout m'a permis de revoir. Et que c'est grâce à elle que l'aventure dont tu parles va pouvoir se réaliser, remarqua-t-il d'une voix glacée.

— Alors *grazie*, *grazie tanto*, railla Hélène en faisant mine de se prosterner.

Elle toisa Claudio avec pitié.

— Tu es devenu complètement fou, mon amour.

Tu devrais faire attention. Si cela s'apprenait, ta réputation de grand séducteur pourrait en souffrir.

— Je ne suis pas ton amour, trancha-t-il.

Hélène vacilla. Elle se tut un instant, cherchant sa respiration.

— Tu sais bien que si tu la veux, c'est uniquement parce qu'elle t'échappe, dit-elle d'une voix sourde. Pareil scandale ne t'était encore jamais arrivé, n'est-ce pas ?

La douleur emplit ses yeux.

— Crois-le ou non, mon vœu le plus ardent est que tu la retrouves. Si je savais où elle se cache, j'irais la débusquer et je te l'amènerais ici pour que tu la baises. Si toutefois l'envie t'en restait encore après l'avoir vue, ajouta-t-elle avec un rire. Que tu la baises une fois pour toutes et qu'on n'en parle plus.

Soudain, elle vint contre lui, peignoir ouvert : tiède, parfumée, offerte.

— Oh ! Claudio, pourquoi es-tu en train de tout abîmer ?

Claudio regarda les larmes dans les yeux d'Hélène et elles ne l'émurent pas. Il ne doutait pas de son amour mais il n'en voulait plus : celui-ci mettait en péril le retour de Laura.

Sans pitié, il écarta les bras dont elle cherchait à l'entourer.

— Tu te trompes, dit-il. Si Laura était là, je ne la baiserais pas, je lui ferais l'amour.

Il s'interrompit.

— D'ailleurs, je le lui ai déjà fait. Et comme tu vois on en parle encore.

37.

De la grille, David entendit le piano. La baie du salon était large ouverte, il frappa légèrement au carreau et entra. Claudio ne bougea pas de son tabouret. Schubert.

L'agent jeta sa serviette sur une chaise et attendit la fin du morceau face au jardin en fleurs. Certains préféraient une saison à une autre, en général celle-ci : le printemps. La préférence de David allait aux matins, n'importe quel matin avec un soleil se levant sur une journée de travail et non de misère comme c'était le cas dans son enfance à Sofia, en Bulgarie. Parfois, il devait même s'interdire de se lever trop tôt au risque d'avoir perdu la forme le soir.

— Alors ? demanda Claudio dans son dos.

Perdu dans ses pensées, David ne l'avait pas entendu approcher. Il se retourna. Un visage méfiant, un regard noir... Claudio devait se douter de la raison qui l'amenait.

— Alors Hélène menace de tout arrêter, ça t'étonne ? Peux-tu me dire ce qui t'a pris ?

— Tu as vu le journal ?

— Je l'ai vu. Et je n'y ai rien trouvé qui justifie l'esclandre que tu es allé faire chez elle.

— Esclandre est un bien grand mot. Et c'est Hélène qui l'a fait quand je lui ai demandé de s'abstenir de raconter des sornettes sur notre vie privée.

— Je ne vois pas où sont les sornettes.

— C'est terminé avec elle, David, trancha Claudio.

— On peut dire que tu as parfaitement choisi ton moment pour terminer...

L'agent tourna le dos au chanteur et rentra dans le salon. Il s'était promis de rester calme : une colère n'arrangerait rien. Mais la situation lui échappait et il détestait ça.

— J'ai eu notre directeur à l'appareil, apprit-il à Claudio. Avec le metteur en scène, ils ont tout tenté pour faire revenir Hélène. En vain. D'après eux, elle est à bout de nerfs. Si par malheur elle mettait sa menace à exécution, ils ne voient personne pour la remplacer, nous sommes trop proches de la prégénérale.

Il s'approcha de Claudio. Celui-ci regardait au loin. L'écoutait-il seulement ?

— De toute façon, que cela te plaise ou non, le spectacle repose sur vos deux noms. On vous attend *ensemble*. Et cette photo que tu reproches à Hélène sera bientôt partout, d'autres aussi, c'est le jeu ! Ça n'a rien à voir avec votre vie privée. Et ne me dis pas qu'Hélène ne sera pas une superbe Violetta. Il y a deux ans, il me semble que c'était elle que tu voulais à tout prix. Qu'est-ce qui a changé ?

— Tout, murmura Claudio, et son regard s'envola à nouveau.

— Tout quoi ?

228

Le chanteur se tourna brusquement vers David.

— Te souviens-tu de Teresa Stratas ?

David resta interdit. Teresa Stratas avait incarné Violetta dans le film de Zeffirelli. Que venait-elle faire ici ?

— Je me suis repassé la cassette, lui apprit Claudio. Tu n'as pas remarqué ? Elle ressemble à un oiseau blessé, toute fine, toute fragile. On a envie de la prendre dans ses mains pour la réchauffer. C'est sans doute pour ça que j'en étais tombé amoureux à l'époque : un moineau.

L'incrédulité et comme une peur emplirent la tête de David. Comprenait-il bien ? Claudio était-il en train de comparer la Violetta de Zeffirelli à... Laura ?

— Placido Domingo aurait pu la porter dans ses bras sans cesser de chanter, comme cela lui était arrivé avec Patricia Brooks ; tous en avaient parlé.

« Il devient fou, avait crié Hélène à l'appareil. David, cette petite l'a rendu cinglé. »

Et si c'était vrai ? Si le retour à la vue, à la vie, de Claudio avait été trop brutal ? Et la disparition de celle qui l'avait permis...

— Crois-tu qu'elle m'aime ? demanda Claudio d'une voix fiévreuse. Maria le pense. Elle me l'a dit hier matin. Elle a dit : « Alors, c'est que vous aussi vous l'aimez. » Aussi...

Malgré ses bonnes résolutions, la colère explosa en David. C'en était trop ! Claudio devait comprendre que la vie de leur spectacle était en jeu.

— Toi aussi ? Mais qu'est-ce que ça veut dire ? cria-t-il. Comment pourrais-tu aimer une fille que tu n'as jamais vue ?

— Arrête ! ordonna Claudio.

Il se dressait devant lui de toute sa hauteur. « De

toute sa splendeur », pensa David car, dans sa colère, jamais il n'avait été si beau.

— Arrête ! Pas toi ! Ne me dis pas que, si je la voyais, je n'en voudrais plus. Ne me dis pas que tu n'as rien compris, toi qui la connais.

Moi qui la connais... David entendit la voix de Laura : « Il verra, David, il verra, je le sais. » Cette foi, cette générosité. « Je crois que j'ai un peu peur », avait-elle avoué aussi. Cette fragilité d'oiseau. Il se souvint de ce déjeuner où elle lui avait volé quelques gorgées de scotch. Son humour.

Laura était-elle « aimable » ? David aurait-il pu l'aimer ?

La réponse était oui.

Alors que, pour Hélène, cette réponse aurait été négative : admiration, respect, certainement pas amour.

— Dis-moi ce que je n'ai pas compris, demanda-t-il plus doucement à Claudio.

Le chanteur prit une profonde inspiration.

— Je ne peux pas décrire ses yeux : « Arc-en-ciel quand elle pleure », a dit Leblond. Mais j'ai senti ses larmes au bout de mes doigts et, quand elle pleurait, c'était sur moi, pas sur elle-même comme Hélène. Son regard s'illumina : Et ses yeux, sais-tu qu'elle était prête à m'en donner un ?

Oui, David le savait. Leblond le lui avait dit et il avait eu du mal à le croire.

— J'ignore comment est sa bouche, reprit Claudio en faisant le geste de la dessiner, mais je me souviens de tous les mots qu'elle a prononcés parce qu'ils me permettaient de voir. Quand nous visitions une chambre d'hôtel, mon pauvre David, elle te battait à plate couture. Toi, tu aurais dit : « Les rideaux sont bleus, jaunes ou verts », elle, elle disait : « Claudio, quand le vent les agite, c'est comme la mer. » Et je voyais les rideaux et des bateaux en prime.

Il désigna un tableau représentant une nature morte : une carafe, un verre, une pomme.

— Là, elle aurait dit : « Il y a de l'eau dans cette carafe, ça me donne soif, pas à vous ? » Et j'aurais bu dans la carafe.

À nouveau, il fit face à David et, étrangement, à cet instant, il avait l'air heureux.

— Elle me faisait voir le dedans des choses. Alors, tu comprends, qu'elle soit petite, moche, banale ou rien du tout comme le prétend cette salope d'Hélène, qu'est-ce que ça peut me foutre ?

Dans sa vie, David avait lu et entendu bien des déclarations d'amour, rarement une aussi belle. Et voilà donc pourquoi il ne parvenait plus à contrôler la situation ! Pour une raison inédite en ce qui concernait Claudio, une raison toute simple, banale : il aimait Laura.

Dire que c'était lui, David May, qui la lui avait amenée ! Tellement certain alors que rien ne pourrait se passer entre son talentueux ténor et la « petite sœur ».

Les paroles de Germont, le père d'Alfredo, lui revinrent à l'esprit.

Généreuse, ô généreuse,
vous devez vivre heureuse.

C'était la générosité totale, absolue de la petite qui, comme celle de Violetta, avait conquis Claudio. Et si celui-ci était cinglé, ainsi que l'affirmait Hélène, alors David était en train de le devenir lui aussi car il venait bel et bien de comparer Laura à l'héroïne de *La Traviata*.

Il s'approcha du chanteur et mit la main sur son épaule. Jusque-là, il s'était refusé à lui révéler le fond de sa pensée : trop périlleux ! Aujourd'hui, il ne s'en sentait plus le droit. La générosité, ça devait être contagieux.

— Je suis d'accord avec Maria, Laura t'aime, je l'ai deviné depuis longtemps. Et je crois que, si elle est partie, c'est parce que, pas un instant, elle n'a pu imaginer que tu puisses l'aimer toi aussi.

— Pas du même monde ? demanda Claudio douloureusement.

— Disons plutôt que tu devais lui apparaître... trop haut pour elle.

— Mais quelle connerie ! s'enflamma Claudio. Si je te disais que c'est moi qui ne la mérite pas ? Bon sang, comment le lui faire savoir ?

Il eut un rire.

— Je ne peux quand même pas mettre une annonce dans le journal : « Rectification : ce n'est pas Hélène Reigner qu'aime Claudio Roman mais Laura Vincent. »

David s'efforça de rire lui aussi. Puis il redevint sérieux.

— Tout ce qu'a fait Laura, tout ce qu'elle a sacrifié, cela a été pour que tu puisses être Alfredo. Alors sois-le, ne la déçois pas. Convaincs Hélène de reprendre les répétitions. C'est peut-être ta seule chance de la retrouver. Qu'elle ne résiste pas au désir de venir... admirer son œuvre.

— Tu crois ? demanda Claudio d'une voix sourde. Tu crois qu'elle viendra ?

Sa voix s'anima.

— Sais-tu qu'elle me l'avait promis à New York ? Elle m'avait promis d'assister à la première si je pardonnais à mon père.

Il rit à nouveau et le rire était moins triste.

— Eh bien, je vais aller présenter mes excuses à la diva si c'est ce qu'elle attend. Tu m'emmènes ?

— Quand tu voudras, répondit David.

— Le temps de me faire beau et repentant, décida Claudio en se dirigeant vers la porte.

Au moment de la franchir, il s'arrêta et se retourna vers son agent avec un sourire presque timide.

— À propos, je ne crois pas te l'avoir raconté mais, à New York, chez monsieur Pierre, j'ai fait l'amour avec la petite. C'était plutôt bien. Je l'ai dit à Hélène et je crois que c'est ça qu'elle n'a pas avalé.

Il quitta la pièce.

David tomba dans un fauteuil.

« J'ai fait l'amour avec la petite... »

Tout s'expliquait : cette couleur nouvelle dans la voix de Claudio, ce feu et cette douleur. À présent qu'il en souffrait, il pouvait enfin chanter l'amour.

Enfin ?

38.

Juin était là.

L'italienne, la répétition avec orchestre, avait eu lieu.

C'était l'orchestre de Paris et ses chœurs qui avaient été choisis. Les écoutant, David s'était dit que Verdi serait bien servi.

Le compositeur avait écrit la musique de *La Traviata* en souhaitant que priorité soit donnée aux sentiments : amour, passion, générosité, colère, jalousie. Son œuvre devait traduire la vie avec ses fastes et ses misères, ses bonheurs et sa souffrance. Tout cela s'était entendu cet après-midi-là au théâtre des Champs-Élysées et David s'était souvenu des paroles d'un grand violoniste : « Lorsque je pleure et fais pleurer la salle, c'est que je touche la chair de la vie. »

Puis cela avait été la couturière, dans les décors où serait donné l'opéra.

Le metteur en scène avait souhaité que ceux-ci soient d'époque, celle où Alexandre Dumas avait écrit sa *Dame aux camélias*. À quoi bon chercher à « faire moderne » ? L'amour n'est-il pas toujours d'époque ? Toujours nouveau pour ceux qui le vivent, que ce soit hier ou aujourd'hui ?

On attendait à présent la prégénérale, suivie, deux jours plus tard, par la générale où se presseraient personnalités, relations et quelques journalistes triés sur le volet.

Et enfin la première, avec le public.

Laura y viendrait-elle ?

Claudio avait appelé Fernand Vincent pour lui réclamer une nouvelle faveur. Lorsque sa fille l'appellerait, pourrait-il lui dire qu'il comptait sur sa présence lors de la première de *La Traviata*, au théâtre des Champs-Élysées, le samedi 10 juin ? Un billet l'attendrait au guichet.

Le boulanger avait accepté de transmettre le message, mais Claudio avait cru sentir une certaine froideur dans sa voix. L'avait-il inventée ?

« Elle est malheureuse, qu'est-ce que vous lui avez fait ? » avait demandé le père de Laura lorsqu'il lui avait rendu visite à Villedoye.

Lui était désespéré. Il ne vivait plus que dans l'espoir qu'elle viendrait.

N'avait-elle pas dit, de ce ton de petite fille qu'elle avait lorsqu'elle était contente : « Et aux premières loges, s'il vous plaît » ?

Dans une enveloppe séparée, avec mission de la lui remettre en main propre, Claudio avait joint un mot annonçant à Laura la réconciliation avec son père. Et, en italien pour ne pas effaroucher le moineau, il avait ajouté : « *Ti amo* », et signé « Alfredo ».

Ridicule... Un grand dadais à sa première déclaration d'amour.

Mais n'était-ce pas la première ?

Laura viendrait-elle ? se demandait David avec inquiétude. S'il avait donné un faux espoir à Claudio, jamais il ne se le pardonnerait.

Après que celui-ci eut présenté ses excuses à Hélène, les répétitions avaient repris. Cette « chair de la vie », dont parlait le violoniste, brûlait dans la voix des anciens amants, chacun exprimant à travers son personnage sa propre souffrance, parfois sa colère.

Il semblait parfois à l'agent qu'il marchait au bord d'un gouffre où le moindre faux pas de l'un ou de l'autre précipiterait toute la troupe.

Une bonne nouvelle quand même ! L'œil de Claudio s'était encore amélioré : presque un dixième d'acuité visuelle supplémentaire. Le professeur Leblond parlait de miracle. Son patient pourrait se débrouiller pratiquement sans difficulté sur scène. Maria Callas n'avait-elle pas dit : « si vous écoutez la musique avec les oreilles et le cœur, alors, vous trouvez les gestes » ?

Nous sommes samedi, trois jours avant la prégénérale. Une importante chaîne de télévision a fait du ténor son invité d'honneur à l'heure de la plus grande écoute, durant le journal du soir.

Le présentateur interroge Claudio sur son état d'esprit. Mardi prochain, ce sera son grand retour sur scène. Il n'ignore pas qu'il est attendu, guetté par certains... La presse étrangère sera présente. En quelque sorte, une heure de vérité.

Qu'éprouve le chanteur ? Émotion, bonheur, peut-être un peu de peur ?

— Reconnaissance, répond simplement Claudio. Envers celle qui m'a permis de réaliser un rêve de toujours : incarner Alfredo.

— Celle ? De qui voulez-vous parler ? s'étonne le présentateur.

— Elle comprendra, tranche le chanteur.

Son interlocuteur n'insiste pas. Sans doute s'agit-il d'Hélène Reigner, sa partenaire... Ce qui l'amène à poser la question suivante : comment Claudio voit-il le personnage de Violetta ?

Durant quelques secondes, son invité garde le silence, semblant se concentrer.

— Elle est l'amour, dit-il enfin d'une voix vibrante. Rien à voir avec celui dont on parle aujourd'hui, ce corps à corps où le sexe est roi. Violetta est le don total, la générosité. Elle offre tout sans rien attendre en échange.

— Fichtre ! s'émeut le journaliste. Serait-ce là votre définition de l'amour ? Tout donner ?

— Pourquoi pas ?

— Et comment le reconnaît-on ? Ne risque-t-on pas de passer à côté ? Qu'est-ce que cela fait ? poursuit le journaliste, enchanté de tant de passion.

À nouveau, Claudio garde le silence. Puis il se tourne vers la caméra, le visage résolu, comme s'il voulait transmettre un message à quelqu'un.

— Une respiration plus vaste, répond-il. « Comme l'univers entier ». Une brûlure... pas seulement là où vous pensez. Et, pour parler comme dans certains lieder, le sentiment de vivre enfin, de n'avoir pas vraiment vécu jusque-là.

Ses yeux reviennent vers le présentateur.

— Et Alfredo meurt de ne pas l'avoir compris à temps.

— Mais Alfredo ne meurt pas ! s'exclame son interlocuteur, déconcerté par les propos de son invité.

— Qu'en savez-vous ?

39.

Qu'en savez-vous ?

Trois personnes ont reçu le message en plein cœur. Maria qui pleure dans son petit logement de Neuilly, David qui vient, en outre, de recevoir le ciel sur la tête. Et Hélène.

Et, du même coup, celle-ci a compris pourquoi Claudio avait exigé d'être reçu seul sur le plateau de télévision.

Devant quelques millions de personnes, ce fou vient de lancer un appel à la petite gourde, la comparant, horreur, à Violetta, dépossédant en quelque sorte Hélène de son personnage.

Humiliée, ivre de douleur et de rage, elle va décider de révéler à son partenaire ce que, craignant de nuire au bon déroulement des répétitions, elle avait eu la sagesse de lui cacher jusque-là.

Dans son désir de vengeance, c'est elle qui va perdre la tête.

Lundi, veille de la générale. Le directeur du théâtre a généreusement convié l'ensemble des participants à sabler le champagne. Tous se pressent sur les tapis rouges du foyer, éclairé par les beaux lustres vert sombre signés Lalique. Ne manque qu'Hélène.

Nul ne l'a vue depuis l'interview de Claudio dont beaucoup s'étonnent à voix basse. Quelle flamme ! quelle fougue ! Mais qu'a-t-il voulu dire exactement avec son : « Qu'en savez-vous ? »

Lorsque apparaît la cantatrice, dans une tenue flamboyante, plus que jamais Walkyrie, David pressent le pire. Il ne manque à Hélène que la lance pour tuer.

Elle cherche Claudio des yeux. L'ayant trouvé, sans se soucier de l'assemblée, elle va droit à lui.

— Je l'ai vue !

Comprenant aussitôt de qui il s'agit, le chanteur s'empare des poignets de sa partenaire.

— Où ? Où est-elle ?

Il est prêt à courir la chercher sur-le-champ. Laura l'a entendu samedi. Elle lui revient enfin.

— Où est-elle ? Mais je n'en ai pas la moindre idée, répond Hélène. C'était la semaine dernière, je ne sais même plus quand. Elle sortait de ce grand magasin de musique en bas des Champs-Élysées, tu vois ?

— Et tu l'as laissée partir ? bafouille Claudio. Tu m'avais dit que tu me l'amènerais.

— Changement de programme ! lâche Hélène d'une voix glacée.

Ses yeux brillent de haine. David voudrait la supplier de se taire. Ne voit-elle pas qu'ils vont au drame ? Et, comme lui, tous le sentent ici : les conversations se sont interrompues, les convives s'approchent du couple et l'entourent. David tente de se frayer un chemin vers Hélène.

Trop tard !

— Pourquoi as-tu fait ça ? demande Claudio d'une voix éteinte que nul ne lui connaissait.

— Mademoiselle était en aimable compagnie : un charmant jeune homme. Je n'ai pas jugé bon de les déranger.

Laver l'humiliation de la veille en laissant éclater aux yeux de tous la folie de Claudio, tel était sans doute le but d'Hélène en venant lui révéler sa rencontre. Elle avait prévu des cris, une grande scène qui aurait ridiculisé le chanteur.

Claudio se tait.

Et, devant son visage livide qui semble se détruire de l'intérieur, sans doute comprend-elle son erreur, peut-être même découvre-t-elle que l'amour était bien là.

Désorientée, elle cherche le regard de David. Le silence est total. Le metteur en scène et le directeur encadrent à présent Claudio, insolites gardes du corps qui tiennent à la main une coupe de champagne.

Le regard du ténor parcourt l'assemblée.

— Avec un jeune homme, ma Laura ? demande-t-il.

Ses épaules s'affaissent, il pleure. Des larmes d'enfant qu'il ne cherche pas à cacher. De lourds sanglots d'homme qu'il ne peut retenir.

Troisième partie

Eux

Ô joie !

40.

La critique est unanime, Claudio porté aux nues. « Un couple de feu », titre un journal. Certains disent que, mûri par l'épreuve, Claudio n'a jamais si bien chanté. « Alfredo, c'est lui », est le leitmotiv des spécialistes. Alfredo si vite, qui aurait pu le croire ?

Comme il doit être heureux !

Il m'arrive de penser que c'est un peu grâce à moi qu'il a réalisé son rêve. Je m'efforce d'en rire : j'ai été là au bon moment, c'est tout. « Il faut que ça passe ou ça casse », dit-on. Voilà ! Claudio était mûr pour passer. Je n'ai fait que lui ouvrir la porte.

Quand mon père m'a appris qu'il avait débarqué à Villedoye, là aussi, j'ai ri. Il aime bien plaisanter, papa. « Avec un chauffeur à casquette », a-t-il ajouté. Alors j'ai été bien obligée de le croire. Je lui ai appris que le chauffeur s'appelait Jean-Pierre et que nous étions amis.

« Il avait l'air plutôt mal en point, ton chanteur, a remarqué papa. On dirait que tu lui manques, la petite.

Il m'a demandé de t'avertir que la clé était toujours à sa place. »

J'ai vite raccroché. J'étouffais. « On dirait que tu lui manques... »

La torture de l'espoir m'a saisie dans ses griffes, elle m'a déchiré le cœur, elle a ravivé toutes les brûlures et fait scintiller toutes les lunes.

Et si ?

Si mon Claudio me regrettait vraiment ? Si parfois lui apparaissait un lac entre des arbres blancs de givre et que sa main glacée cherchait la mienne : « Sale temps pour les moineaux. »

Le moineau a perdu la tête. Il s'est cogné aux vitres clinquantes des rêves. Et si j'allais la prendre, cette clé, en bas des marches du perron ? Si je l'ouvrais, cette porte, rentrais dans son salon, ne serait-ce que pour rencontrer une fois, une seule, son regard tout neuf, découvrir son visage de jour ?

Chiche ?

La photo dans le journal m'a ramenée à la réalité : Hélène et lui, tous deux si beaux. Le visage de jour de Claudio, son regard tout neuf, brûlant de passion, tendu vers elle, la dévorant.

C'est drôle comme ce sont les petites choses qui font le plus mal. Le pull à rayures, décolleté en V, qu'il portait sur cette photo, je le connaissais. C'était moi qui le préparais sur la chaise, près de son lit, le lendemain de ses concerts : le pull de nos promenades. Je pouvais encore sentir son odeur : j'y avais si souvent enfoui mon visage.

« Il n'avait pas l'air de comprendre pourquoi tu avais disparu », m'a dit aussi papa.

Pardi ! Parce que jamais il ne me regarderait comme il regardait Hélène dans ce journal.

« Nous nous connaissons mieux que bien », disait-elle dans l'interview.

Ce chien d'espoir ! Comment avais-je pu douter un seul instant d'avoir pris la bonne décision ?

Je n'ai pas eu de mal à trouver un emploi. C'était dans ce grand magasin sur les Champs-Élysées que je m'approvisionnais en CD, et j'y avais souvent remarqué des affichettes demandant vendeurs ou vendeuses. Il se trouvait que j'étais qualifiée. Cela s'est fait très vite.

J'œuvre au rayon « musique classique ». À l'Agence, il me fallait faire attention à mes tenues, n'est-ce pas, David ? La seule chose que l'on me demande ici est de porter le gilet rouge à l'enseigne de mon employeur.

Mon travail me plaît. Je flâne volontiers du côté des lieder : Mozart, Schubert, aux paroles tellement sentimentales mais qui, le plus souvent, se terminent par l'abandon ou la mort. Maman n'aimerait pas.

Ces derniers temps, on parle beaucoup autour de moi d'un certain opéra de Verdi qui se donnera bientôt au théâtre des Champs-Élysées, ainsi que de celui qui incarnera Alfredo. J'écoute. Je bois. « C'est vrai qu'il a recouvré la vue ? » « C'est vrai qu'il les tombe toutes ? » « Il paraît qu'il a un caractère de cochon. » Il faut les entendre, les collègues.

S'ils savaient de qui j'ai été la guide !

Hier, un client m'a demandé quand sortirait le CD de *La Traviata* nouvelle version. Je n'ai pas su lui répondre. Bientôt, j'espère. Je l'achèterai. J'aurai même droit à une réduction.

Imaginez un appartement de deux cents mètres carrés dans le XVIe arrondissement, plein de beaux meubles, de tableaux et de pendules. Vous êtes chez moi.

J'y occupe une chambre confortable avec cabinet de toilette, contre la garde de nuit d'une vieille dame qui ne peut plus se mouvoir seule. Elle n'est pas très exigeante et être réveillée la nuit ne me gêne pas. J'en ai pris l'habitude au cours des derniers mois.

Le petit déjeuner m'est offert et j'ai le droit de mettre quelques provisions dans le réfrigérateur.

Je suis libre le week-end.

Devant être là dès vingt heures pour prendre le relais de la femme qui donne son repas à Mme Rose Vermer, j'ai aussi l'autorisation de regarder la télévision.

Samedi dernier, Claudio y était annoncé au journal de vingt heures. Je me suis interdit de le voir. La photo avait suffi à mon bonheur ! Je suis sortie et j'ai marché jusqu'à épuisement. Après tout, n'était-ce pas mon soir de repos ?

Denis Maréchal travaille dans le même magasin que moi, au rayon « nouveautés ». Ni beau ni grand, plutôt timide, il est extrêmement gentil. Nous avons à peu près le même âge.

Il a été récemment largué par son amie, d'une certaine façon, j'ai largué le mien : nous étions faits pour nous entendre. Nous nous retrouvons presque chaque jour pour déjeuner et prenons parfois un verre ensemble.

Malheureusement, Denis termine ici fin juillet. Sa famille est de Granville, dans la Manche. Un de ses amis vient d'y ouvrir un magasin de vidéo et lui a proposé de venir le seconder. Il a accepté.

— Si tu veux, je t'emporte dans mes bagages, m'a-t-il proposé.

Son ami aura bien une place pour moi et Denis possède là-bas un petit appartement donnant sur le port où il pourra me loger.

Je n'ai pas dit non. Granville, Villedoye, c'est cousin et j'aurai la mer.

— N'oublie pas que la ville est réputée pour ses soins aux éclopés, m'a-t-il fait remarquer avec un sourire.

Exact ! On y aide les accidentés de toute sorte à reprendre pied dans la vie. Qui dit mieux ?

Mon cœur a, de nouveau, fait des siennes lorsque, il y a quelques jours, papa m'a appris que Claudio l'avait appelé. Une place m'attend au guichet du théâtre des Champs-Élysées pour la première de *La Traviata*.

Le bulldozer du souvenir m'a broyé le cœur. C'était lors du fameux voyage à New-York, chez « monsieur Pierre », comme Claudio appelait le palace. J'ai revu les naseaux fumants des chevaux, le portier galonné, un bel ananas dans une corbeille de fruits, une chambre, un lit.

J'avais demandé à Claudio de pardonner à son père et, s'il le faisait, je m'étais engagée à assister à ses côtés à la première de *La Traviata*.

On raconte n'importe quoi pour donner des gages à l'espoir, et voilà comment on se retrouve toute bête, avec son morceau de lune sur les bras et une promesse à tenir.

— Iras-tu ? a demandé papa.

Je n'ai pas pu lui répondre. Assommée, la petite, en pleine mouise.

C'est que les pères, voyez-vous, ils ont beau être magiciens, croire au miracle et faire le meilleur pain du canton, ils se retrouvent les mains vides devant les filles qui aiment si fort que parfois elles préféreraient ne pas se réveiller le matin.

Parce que ce sera sans lui. Sans toi.

Éprise de Claudio dès le premier soir à Auxerre, je m'étais dit : c'est pour toujours. Mais si « toujours » voulait bien calmer ses tempêtes, si « toujours » se contentait d'être un son de cloche nostalgique dans le petit village du souvenir, un chagrin à bercer à l'écoute de certaines chansons, ça m'arrangerait.

Seulement, pour cela, il faudrait que ce soit uniquement mon cœur qui souffre lorsque je pense à lui, à toi. Et non mon corps où tu es venu et où tu as laissé ta marque, un feu inextinguible, un vide abyssal, comme on dit pour les grands fonds marins.

Dans les romans favoris de ma mère, jamais l'héroïne ne se serait donnée avant le mariage.

Ça m'apprendra !

41.

Quand je l'aperçois, en bas des marches qui mènent à la sortie du magasin, la seule pensée qui me vient : me sauver, disparaître.

C'est trop tard, il m'a vue et fonce. L'évidence me poigne : il a appris où je travaillais, il m'attendait. Comment est-ce possible ? Nul ne le sait, pas même mes parents.

— Laura !

Et quand il prend mon bras, savez-vous ce que je fais ? Je tombe dans les siens.

— David !

La joie, la douleur, les « enfin » et les « je ne veux pas » se mêlent et m'engloutissent. Il me serre contre lui pour m'empêcher de couler.

— Calmez-vous, Laura. Calmez-vous. Tout va bien.

Il en a de bonnes ! Je voudrais l'y voir, moi. Vous échafaudez pierre par pierre, douleur par douleur, abandon par abandon, une muraille de protection, vous vous y croyez à l'abri et vous découvrez que ce n'était que du papier à cigarette. Vous voilà revenue à la case départ : le couloir des adieux à la clinique Bel Air.

Il m'écarte de lui, me regarde de derrière ses hublots : dents de loup et sourire d'ami.

— Il faut que je vous parle, Laura. Ne restons pas là.

Et vous découvrez que « là », malgré le tremblement de terre, tout continue comme avant : la petite foule qui se hâte, les rieurs et les ronchons, la vie.

Nous voici sur les Champs-Élysées. Il a pris mon bras et le serre. Il doit bien se douter que je cours plus vite que lui et que si je voulais... L'ennui, c'est que je n'ai plus la force de vouloir. Sinon ne pas aller dans l'un de ces hôtels dorés où l'on n'a pas le droit de se tenir mal, de montrer ses sentiments sans offusquer un maître d'hôtel à gants blancs.

C'est l'arrière-salle d'un bistrot, dans une petite rue où il m'est arrivé de venir manger un croque-monsieur avec Denis pendant la pause-déjeuner. Il n'y a pas grand monde, les gens préférant s'agglutiner en terrasse pour respirer la bonne odeur de la circulation. Ce sera un Coca pour moi, un café pour David. Pas de scotch ce soir, monsieur l'agent ?

Il continue à me regarder avec son air de prédateur ravi d'avoir ramené sa proie.

— Ah ! Laura, vous nous en avez donné du souci !

À présent, je ris. C'est nerveux. Ils ne m'en ont pas donné, peut-être, son chanteur et lui ?

— Comment m'avez-vous retrouvée ?

— Hélène. Elle vous a vue sortir de cette boutique. Je me suis douté que vous y travailliez. Il prend un air confus : Chose qui m'a été confirmée.

Monsieur a donc fait son enquête. Si vous voulez

disparaître, un bon conseil : en même temps que de boulot et d'appart, changez aussi d'identité.

Il prend mes mains. Si je disais que le contact de sa chevalière sur mes doigts, cela touche au bonheur ?

— Pourquoi êtes-vous partie si vite ? Et sans explication ?

La souffrance, ça donne des points pour la méchanceté.

— Ne m'aviez-vous pas dit que Claudio n'aurait plus besoin de moi lorsqu'il reverrait ?

Touché ! Il pousse un gros soupir.

— Je me trompais, Laura.

Voilà nos boissons. Et son geste de tourner sans fin sa cuiller dans sa tasse. Avec son regard désolé sous ses verres épais, il ressemble plus que jamais à un crapaud. Mais, en face de lui, la grenouille a cessé de fantasmer sur le bœuf. Elle se dégonfle même totalement.

— David, s'il vous plaît, dites-moi... Comment va-t-il ? Et comment avez-vous fait pour *La Traviata*, Alfredo... Il doit être tellement heureux !

— Il n'est pas heureux, Laura. Vous n'êtes plus là.

À nouveau, je ris.

— Qu'est-ce que c'est que cette histoire ? Arrêtez.

— Ce n'est pas une histoire.

Il hésite, se racle la gorge, regarde ailleurs puis lance sa bombe.

— Claudio vous aime, Laura.

— Non !

J'ai crié. À une table voisine, deux femmes se retournent. Scène de ménage ? Exactement ! David n'a pas le droit de raconter n'importe quoi pour me faire revenir. Nul n'est mieux placé que lui pour savoir que Claudio ne peut pas m'aimer.

Il tente de reprendre ma main. Je la cache sous la table.

— Si, Laura ! Il vous aime. J'aurais voulu que vous l'entendiez me parler de vous l'autre jour. Il vous aime... pour ce que vous êtes.

Ce que je suis ? J'ai envie de me boucher les oreilles : c'est trop dur, c'est trop fou. Je ne suis rien que la « petite ».

Je vide mon verre, David sa tasse. Il va éclater de rire et me dire que c'était une blague. Il retire ses lunettes et en essuie les verres. Sans elles, il a un visage désarmé. J'ai envie de l'embrasser.

Heureusement pour lui, il les remet vite sur son nez.

— Essayez d'imaginer ce qu'il ressent aujourd'hui, demande-t-il. Vous lui permettez de recouvrer la vue et vous lui interdisez de vous voir.

— C'est bien pour ça qu'il croit m'aimer.

— Alors donnez-lui l'occasion de vérifier : revenez !

Cette fois, c'est la colère qui monte, une colère de peur.

— Revenir pour quoi faire ? L'aider à marcher ? Lui couper sa viande ? Préparer sa valise ? Il en est capable maintenant. La petite sœur a rendu son tablier. C'est fini, David.

— J'avais cru comprendre que vous n'aviez pas été seulement la « petite sœur », riposte-t-il.

Le rouge me monte aux joues. Décidément, c'est une manie qu'a Claudio de raconter ses aventures à n'importe qui.

— Et alors ? Il a de quoi se consoler.

— Si vous voulez parler d'Hélène, sachez qu'il a rompu à cause de vous. L'avez-vous vu à la télévision samedi dernier ?

254

Je mens :

— J'ignorais qu'il y passait.

— Dommage. C'est à vous qu'il s'est adressé.

— Pour me dire quoi ?

— Reviens. Je suis malheureux. Je ne peux pas vivre sans toi.

Je prends mon visage dans mes mains. La bourrasque m'emporte. « Il avait l'air plutôt mal en point, ton chanteur », a dit papa. Et si c'était vrai ? Si Claudio m'aimait ?

Quand je relève les yeux, le serveur est là.

— Un scotch, commande David. Vous en voulez un, Laura, ou préférez-vous boire dans mon verre ?

— J'en veux un.

Le garçon s'éloigne. David réattaque aussitôt :

— Avez-vous rencontré quelqu'un, Laura ? Hélène prétend vous avoir vue... en compagnie.

J'acquiesce. Ça fait du bien de changer de bonhomme.

— Il s'appelle Denis. On travaille dans la même boîte. Vous ne vous êtes pas renseigné sur lui, pendant que vous y étiez ?

David rougit. Chacun son tour. Il se racle à nouveau la gorge. Va-t-il me demander si nous couchons ensemble ? Parce que « faire l'amour », pour moi, c'est terminé.

De toute façon, la réponse sera non. Nous sommes encore, Denis et moi, en état de choc. Et puis mes nuits sont prises par ma vieille dame. Sans compter que je me suis engagée à ne recevoir personne dans son précieux appartement. Et quand je m'engage, moi.

— Avez-vous des projets communs avec ce jeune homme ?

La question prévue. En plus joliment formulée.

— Peut-être. Il quitte bientôt Paris et me propose de le suivre.

Le visage de David se décompose. Les scotchs tombent à point. Il boit une gorgée du sien, je croque une cacahouète.

— Si vous partez avec votre Denis, Claudio ne s'en remettra pas.

— Vous n'êtes pas obligé de le lui faire savoir.

La main se saisit à nouveau de la mienne. Il supplie.

— Laura, acceptez de le rencontrer. Au moins une fois, une seule. Pour entendre ce qu'il a à vous dire. Vous déciderez après. Vous vouliez qu'il soit heureux, n'est-ce pas ? Il ne pourra pas l'être tant qu'il ne vous aura pas vue.

— Mais je ne veux pas, David !

J'ai crié à nouveau.

— Et pourquoi ne voulez-vous pas ?

Je ne réponds pas. J'ai envie de m'enfuir en courant. Allons-y pour les grands mots : disparaître, mourir.

Le regard de David se fait dur.

— Eh bien, moi, je sais pourquoi, attaque-t-il d'une voix mauvaise. Vous avez peur qu'il ne soit déçu en vous voyant. C'est pour ça que vous avez quitté la clinique avant qu'on lui retire son pansement, sans même penser qu'il allait paniquer, vous réclamer, souffrir. Et c'est exactement ce qui s'est passé. Pendant trois jours, il n'a eu que votre prénom à la bouche : Laura, Laura, Laura. Et aujourd'hui encore. Mais qu'il déguste ou non, ça vous est bien égal. Vous ne pensez qu'à vous.

— Merde, David.

J'avale deux gorgées de whisky : le mien. Est-ce pour moi que j'ai tout fait afin qu'il accepte cette foutue greffe en sachant qu'en cas de réussite je le perdrais ? Pour moi que je me suis tapé New York, le froid, la peur, l'arrachement ? Et pour moi aussi, pour mon plaisir, que je travaille comme vendeuse et, la nuit, histoire de me distraire, change les couches d'une vieille dame ? Que veut-il de plus ? N'en ai-je pas fait assez ?

Oui ! Merde, David.

Et c'est parti, je pleure : une vraie flaque. Il me tend son mouchoir : souvenirs, souvenirs... Nos voisines ont dégagé. On a toujours été comme ça, nous deux : le couple explosif qui fait le vide autour de lui.

Alors, allez comprendre pourquoi, malgré tout, je suis heureuse qu'il soit en face de moi ? L'alcool ne doit pas y être pour rien.

— D'accord, Laura, je n'insiste pas. Mais vous allez faire au moins une chose pour lui.

M'immoler par le feu afin que Claudio puisse enfin m'oublier ?

— Vous allez venir à la première de *La Traviata*, après-demain. Il assure que vous le lui avez promis s'il se réconciliait avec son père. C'est chose faite.

J'ai un rire.

— Je m'en doutais. Il a appelé mon père à moi pour lui dire qu'une place m'attendait au guichet du théâtre.

Un jour j'y vais, le lendemain je fuis à des kilomètres pour résister à la tentation et toutes les nuits j'en crève.

— Vous viendrez ? demande David.

— À une condition.

Un sourire éclaire le visage de mon crapaud-buffle. Il lève son verre, le heurte au mien.

— À celle que je retrouve enfin ! Les conditions, les ultimatums, pourquoi pas le chantage ?

— Pourquoi pas, en effet ? À la condition que vous me promettiez de ne pas dire à Claudio que vous m'avez retrouvée.

Son visage s'assombrit à nouveau.

— Ça va être dur, très dur ! Mais c'est d'accord. Voulez-vous que nous nous retrouvions demain pour que je vous remette le billet ?

— Non, merci. Je préfère aller le chercher moi-même.

Je parviens à sourire moi aussi ; c'est bien parce que c'est lui.

— Et inutile de placer vos espions. Je viendrai, c'est promis.

Il hoche la tête. La mienne commence à tourner sérieusement.

— Alors sachez seulement une chose, Laura. Ce soir-là, il ne chantera que pour vous.

42.

Quand les mains de Claudio dessinaient mon visage, lorsqu'elles prenaient les mesures de mon corps, se resserraient sur mes seins – « tout menus, durs, dressés » – et que, entre ses mains, sous ses lèvres, il me semblait fondre, me fendre comme un fruit pour mieux lui faire passage... Quand il entrait en moi, doux et impérieux, que la rivière coulait en même temps qu'explosait le feu...

J'étais belle. La belle que voilà.

David avait raison : si je ne voulais pas qu'il me voie, c'était afin de le rester pour lui.

« Il vous aime, Laura. »

Comme on aime un rêve, comme on caresse une illusion et s'attache à la main secourable, la guide.

« Vous n'avez pas imaginé qu'il allait paniquer, vous réclamer, souffrir ? »

Et moi ? Je n'avais pas souffert, peut-être, quand, après avoir reçu de Miller l'assurance que Claudio reverrait, je m'étais sauvée de la clinique, me privant de découvrir la toute nouvelle lumière de son œil ? Je n'avais pas paniqué en coupant toute communication et en me précipitant sur le premier avion au départ pour la France, fuyant un appel auquel je n'étais pas sûre de pouvoir résister ? Et tout mon être ne le réclamait-il pas encore et encore ?

« Sans même avertir », avait ajouté David.

Mais si j'avais averti Claudio, faible et vulnérable comme il était, n'aurait-il pas souffert davantage encore ?

« Revenez, Laura. »

Pour lui permettre de guérir de moi ? se délivrer de ses illusions ? revenir pour être gardée quelque temps par reconnaissance ? Pourquoi pas par pitié ?

N'avais-je pas fait assez en l'aidant à retrouver la vue et à réaliser son rêve : être Alfredo ? Fallait-il qu'en plus je me saborde, libère le plancher pour faire place à d'autres conquêtes ?

« Je l'ai renvoyée dans sa chambre, elle serait bien restée, mais non merci ! » avait-il dit d'Hélène à Nice.

Ce n'était pas à cause de moi que Claudio avait rompu mais parce que Hélène en voulait trop. Comme Corinne Massé.

Que de fois m'avait-il confié qu'il ne s'était jamais attaché à aucune femme, que la musique prenait toute la place dans sa vie. Il m'avait lui-même indiqué la voie à suivre.

Revenir ? Non, merci, David.

Tiens ! Il ne m'avait même pas demandé si j'aimais son ténor. Cela allait donc de soi pour lui ?

Il est midi et demi, vendredi, veille de la première de *La Traviata*, l'heure du croque-monsieur avec Denis.

— Qu'est-ce que tu as, Laura ? demande-t-il avec

inquiétude. Il t'est arrivé quelque chose, ne me dis pas le contraire.

Je commence par essayer :

— Mais non, tout va bien, un simple coup de fatigue, ma vieille dame m'a réveillée plusieurs fois cette nuit.

— Ce n'est pas ta vieille dame, je ne te crois pas, insiste-t-il. D'ailleurs, ton nez bouge.

Le nez, c'était un coup de mon père et je craquais toujours.

Je craque, et pas à moitié, selon mes bonnes habitudes.

— Celui que j'ai quitté parce qu'il ne pouvait pas m'aimer, c'est Claudio Roman.

Il en reste cloué, les yeux écarquillés, un visage à mourir de rire.

— Attends, souffle-t-il. Tu ne veux quand même pas dire le chanteur ? Celui qui...

— Eh si ! Celui-là même : Alfredo.

Tandis que je lui narre la belle et triste histoire de ma vie, il tient ma main. De peur de me voir m'envoler ? Je lui raconte tout depuis le début, en passant sur une nuit torride à l'hôtel Pierre et en terminant par le billet qui m'attend au guichet du théâtre des Champs-Élysées, tout près, mais que je n'ai pas encore eu le courage d'aller retirer. C'est idiot, mais j'ai peur de tomber sur la vedette. Comme si Claudio n'avait rien de mieux à faire que de me guetter.

Le croque-monsieur refroidit dans mon assiette. C'est déjà bien qu'il ne soit pas inondé. J'ai pris une décision ce matin : c'est terminé pour les larmes.

— Et tu l'aimes encore ?

— Toujours.

Ça y est, les larmes ! Il serre un peu plus ma main.

— Je te comprends, soupire-t-il. Moi, c'est pareil avec Marie-Claire. Elle était trop bien pour moi. Pendant que je vends mes disques, elle, elle joue au golf et au bridge. Comment voulais-tu que ça colle ? Et pourtant je l'aime toujours, comme toi ton Claudio.

À mon tour, je serre sa main. Nous communions.

— Et tu vas y aller, à cette première ?

— J'ai promis.

Il réfléchit, cherchant comment m'aider. Il est généreux, Denis, c'est pour ça que je l'aime. Que je l'aime bien.

— Veux-tu que j'aille prendre cette place pour toi ? Je te la rapporte tout de suite. Tu n'as qu'à me filer ta carte d'identité.

Je sors illico celle-ci de mon sac.

— Je t'attends ici, je ne bouge pas. Espérons qu'on te la donnera.

— Aurais-tu oublié mon charme irrésistible ?

Il est comme moi, Denis. Il a appris à plaisanter sur ce genre de sujet.

Avant de s'éloigner, il pique un baiser sur ma joue.

— Pense à Granville. Ça tient toujours.

J'y pense très fort en buvant mon café. Denis et Granville, c'est la raison. Claudio et Alfredo, l'aventure. Même que c'est Alexandre Dumas qui l'a dit dans *La Dame aux camélias*.

Ce soir-là, billet en poche, j'ai appelé papa.

— Alors, tu es allée à cette première ?

— Pas encore. C'est demain.

— Et une première, c'est quoi, exactement ?

— C'est la première fois que le public est là. Par exemple, toi, tu pourrais y assister, prendre un billet. Avant, non.

— Ah bon ?

La musique, l'opéra, ce n'est pas tellement le truc de mon père. Il n'en est jamais question dans son journal. Nous avons parlé d'autre chose, la boutique, le temps, Agathe qui s'ennuyait et maman à qui je manquais.

C'était un peu comme à la clinique Bel Air, au cours d'une certaine nuit où j'avais eu besoin d'entendre la voix de mon père avant une grande épreuve. Mais, à la clinique Bel Air, écoutant papa, je pouvais voir Claudio chercher ma main et j'ignorais que j'étais heureuse.

Plus tard, je suis allée rendre visite à ma vieille dame. Elle aussi a du mal à dormir. Je me suis assise au bord de son lit et je lui ai demandé de me raconter les histoires des photos qu'elle collectionne sur sa table de nuit. Par exemple, celle du fier jeune homme à moustaches auprès duquel elle avait passé rien qu'une soixantaine d'années : des histoires de « toujours ».

Quand elle m'a vue pleurer, elle m'a caressé la joue du dos des doigts et ça m'a achevée.

C'était un geste de Claudio.

43.

Le spectacle va bientôt commencer. La salle bruit d'impatience et de plaisir anticipé. Au centre de la corbeille, dans une loge, la place reste libre sur l'élégante banquette, près d'un homme d'une soixantaine d'années : cheveux blancs, épaules larges, élégamment vêtu.

Il ne cesse de se retourner, guettant visiblement l'arrivée de quelqu'un. Cet homme est Jean Roman et c'est moi qu'il attend.

« Aux premières loges, s'il vous plaît », avais-je demandé à Claudio à New York.

J'ai vérifié sur le plan du théâtre. On ne peut être mieux placé.

Et plus en vue.

Ce billet recelait un piège : qui sait si, à l'heure actuelle, Claudio ne cherche pas à découvrir, par l'entrebâillement du rideau, celle dont la place a été réservée aux côtés de son père ?

Il ne m'y trouvera pas.

Mais j'ai promis.

Une seule personne était capable de me procurer, au pied levé, une autre place : Mathilde, à l'Agence. Elle connaissait toutes les combines. Je me suis risquée à l'appeler.

« Ça va être difficile. Et si j'y arrive tu as toutes les chances d'être "au coin" », m'a-t-elle avertie.

Je suis en effet « au coin », tout là haut, deuxième balcon, sur le côté. Le théâtre des Champs-Élysées comporte mille neuf cent une place. Je pourrais bien être la petite unième de plus. Ça me va.

Mathilde a eu le tact de ne me poser aucune question mais parions que ça jase à l'Agence.

J'ai revêtu ma tenue de gala, celle que je portais lorsque j'escortais ma vedette, toujours la même depuis Auxerre.

« Alors, tu t'es mise en velours ? » me demandait Claudio tandis que sa main caressait le tissu bleu roi de mon boléro pour me faire crier. Et je criais pour le faire rire. Un vrai rire, c'était si rare.

Sur les sièges voisins, un jeune couple ne cache pas son bonheur d'être là. Si j'ai bien compris, la fille étudie le chant et son compagnon est lui-même musicien. Ils sont beaux et assortis. Ils ont l'air de s'aimer.

La salle est rouge. Aux murs, des tentures représentent grappes de raisin et feuilles de vigne. Les éclairages sont indirects, discrets. Pas de lustre aux six cents lampes comme à Nice, une large coupole.

Les lumières s'éteignent, le silence se fait.

L'orchestre attaque.

C'est une musique triste et mélancolique, la musique du souvenir, du regret. La mort rôde et déjà le cœur se serre. Puis, sur les derniers accords, le rideau s'ouvre et la fête éclate.

Violetta reçoit.

Dans son salon brillamment éclairé, les invités se pressent, femmes en robe longue de toutes couleurs, hommes en habit. La musique est vive et alerte. Les chœurs célèbrent le plaisir et le vin dans les coupes.

Vêtue de satin blanc, corsage largement décolleté, quelques fleurs de camélia dans ses cheveux, Hélène est splendide. Elle va de l'un à l'autre au bras du baron Douphot, son amant.

Je vis de fête et de plaisir.

La traduction française de l'opéra, chanté en italien, passe en surtitrage au-dessus de la scène. Je l'ai si souvent entendu qu'il me semble en connaître par cœur les paroles.

Je sais aussi très exactement à quel moment Alfredo apparaîtra, j'ai peine à respirer, je n'attends que lui.

Et lorsqu'il entre dans le salon, accompagné de son ami Gaston qui va le présenter à la maîtresse de maison, c'est comme si ma poitrine explosait.

C'est Claudio et c'est un autre. La lumière de son œil retrouvé donne à ses traits quelque chose de plus résolu, de plus douloureux aussi, comme si l'âme, ayant enfin trouvé passage, brûlait son visage. Et lorsqu'il avance d'un pas sûr, sans tendre les mains en avant, il me semble seulement comprendre qu'il a bien recouvré la vue.

— Seigneur, comme il est beau ! murmure ma voisine à l'oreille de son compagnon.

Mieux que cela. Il est redevenu lui, lui totalement, et je le vois pour la première fois.

Violetta rit. Gaston vient de lui confier qu'Alfredo ne pensait qu'à elle. Elle lui tend une coupe de champagne. Ils trinquent.

Puis, sans se soucier du baron jaloux, devant toute l'assemblée, Alfredo se déclare.

Puisque ces yeux vont droit au cœur,
goûtons l'amour.
L'amour qui rend les baisers brûlants.

Sa voix également a changé, plus profonde, plus vibrante. Toi qui aimais à donner des couleurs quand tu ne voyais pas, laquelle choisirais-tu ?

Alfredo parle « amour », Violetta répond « plaisir ». Les chœurs ponctuent leurs paroles. Des applaudissements saluent la fin du duo.

À présent, ils sont seuls. Derrière la mousseline d'un rideau, on peut voir les invités boire et danser.

Penché sur Hélène, Claudio embrasse ses mains.

Je vous aimais sans le savoir,
de cet amour qui fait palpiter
l'univers entier.

J'ai fermé les yeux. Dans son jardin de Neuilly, par une nuit glacée, une nuit de détresse, Claudio avait crié ces paroles. J'étais seule à les entendre, je ne savais que faire pour l'aider, j'aurais donné ma vie.

Il joint ses lèvres à celles de Violetta, celle-ci détache un camélia de ses cheveux pour le lui offrir : la promesse de le revoir.

À nouveau, les applaudissements éclatent.

Les invités sont partis. Une à une, Violetta éteint les bougies des candélabres. Elle n'en croit pas son cœur. À la fois elle s'émerveille et s'alarme.

C'est la première fois qu'elle aime, mais elle est tuberculeuse et sait que ses jours sont comptés. Elle avait décidé de vivre dans le luxe et la fête le temps qui lui restait. Aimer, c'est souffrir. Va-t-elle quitter son baron pour Alfredo ? Que choisira-t-elle ?

La voix d'Hélène est admirable, tantôt complainte, tantôt révolte. Ma voisine essuie ses larmes. Je retiens les miennes.

De l'extérieur, invisible, Alfredo répond à Violetta.

Amour secret,
amour qui fait palpiter
l'univers entier.

— Il a rompu à cause de vous, a dit David.

David est fou.

Violetta a choisi l'amour.

Depuis quelques mois, elle vit à la campagne avec Alfredo. En tenue de cavalier, dans une large véranda pleine de plantes et de fleurs, il chante son bonheur.

Loin d'elle, pour moi il n'est pas de joie.
Auprès d'elle, je me sens revivre.

Apprenant par Annina, la servante de Violetta, que celle-ci se ruine pour payer le loyer de leur nouvelle demeure, il décide d'aller à Paris afin de réunir des fonds.

Mais le malheur est en marche. Le père d'Alfredo, Germont, vient trouver la jeune femme, décidé à la convaincre de renoncer à son fils pour ne pas nuire à sa carrière et permettre le mariage de sa sœur, compromis par sa liaison avec... une courtisane.

La voix de Germont est sombre, forte, convaincue, convaincante. C'est celle d'un homme de bien. Le bien contre le mal. C'est le jugement du Ciel.

Violetta tente de résister. Est-ce donc péché que d'aimer ? N'a-t-elle pas tout sacrifié pour Alfredo ? Elle n'a plus que lui.

Et que répond Germont ?

Un jour, lorsque les désirs auront fui avec le temps,
l'ennui sera prompt à venir.
Que se passera-t-il alors ?

Ma poitrine est de plomb. N'est-ce pas à moi que ces paroles s'adressent ? Un jour, quand Claudio m'aura vue et ne me désirera plus, qu'adviendra-t-il de moi ?

Le rideau s'est baissé pour un changement de décor. Dans la salle restée obscure, le public s'ébroue, soupire, respire, tente de désamorcer la tension.

Le jeune homme a passé son bras autour des épaules de sa compagne. Il la console, souriant de ses larmes.

— Mais ce n'est pas « pour de vraiment » !

Dans son jardin, parlant d'Alfredo, comme si c'était « pour de vraiment », Claudio avait crié : « Et ce con qui ne voit rien. » J'avais été tentée de rire. Il avait pris ma main et l'avait posée sur sa poitrine : « Alfredo est là, prisonnier. »

Ce soir, n'est-ce pas plutôt Claudio qui est prisonnier d'Alfredo ?

D'un rêve.

Violetta a rompu.

À la fête costumée donnée chez son amie Flora, elle est venue vêtue de noir au bras de son baron. Alfredo est présent.

Ivre de rage et de douleur, croyant qu'elle a cessé de l'aimer, il va l'humilier devant tous, l'outrager, achever de la détruire.

Blessée à mort, Violetta ne cherche pas à se défendre. Elle se contente de ces quelques mots :

*Le temps viendra où tu sauras
comme je t'aimais.*

Pas d'accord !

Généreuse, ô généreuse, avait dit Germont, le père d'Alfredo, lorsqu'elle avait cédé à sa demande.

Pas jusque-là !

Jusqu'à faire croire à Alfredo qu'elle lui a préféré son imbécile de baron.

Le rideau se ferme sur les applaudissements. La lumière revient. C'est l'entracte.

Son imbécile de baron... Ce con d'Alfredo... Je ne sais plus où je suis ni qui je suis.

Bravo, Laura ! Il ne te manquait plus que ça : te prendre pour Violetta.

44.

J'ai quitté ma place, descendu l'escalier de marbre, traversé l'atrium. À la porte, on m'a remis le ticket qui me permettrait de revenir après l'entracte.

Reviendrais-je ?

La nuit commençait seulement à tomber sur l'ave-nue, nuit tendre et odorante de juin. Sous les feuilles neuves des arbres, la lumière des lampadaires diffusait un air de confidence. J'ai fermé les yeux et pris une longue inspiration : ici était la vie, la vraie.

Ce qui se passait derrière ces murs n'était que du théâtre, de la comédie, comme l'indiquaient les lettres de néon au fronton du bâtiment orné de bas-reliefs représentant les dieux inventés par les hommes pour se rassurer sur eux-mêmes et sur leur destin.

Je m'étais laissé prendre au piège d'une trop belle histoire qui n'avait rien à voir avec la mienne.

D'autres spectateurs m'avaient rejointe à l'extérieur, essentiellement des fumeurs. Tous s'extasiaient sur le ténor : cette fougue, cette jeunesse dans l'interprétation, ce quelque chose de nouveau, d'inédit qui passait dans sa voix.

— Vous ne l'avez pas entendu à la télévision ? Il était tout simplement incroyable, a remarqué une femme. On ne savait plus qui parlait : lui ou Alfredo.

— C'est qu'il avait toujours rêvé d'incarner le personnage, a renchéri une autre. Il l'a dit lui-même.

Alfredo ou Claudio, lequel venait-il de crier son amour, sa souffrance ?

« Il ne pourra être heureux tant qu'il ne vous aura pas vue », avait affirmé David.

Quand on pense au loup...

L'agent est apparu à la porte du théâtre. Il est resté en haut des marches et, dressé sur la pointe des pieds, il m'a cherchée.

Même s'il ne m'avait pas vue à la corbeille, il ne devait pas douter de ma présence : n'avais-je pas promis ?

Je me suis cachée derrière un arbre. Ridicule ! Mais je ne me sentais pas la force de l'affronter. Et, si j'avais promis de venir, je ne m'étais pas engagée à rester jusqu'au bout.

Il a fini par rentrer dans le bâtiment.

Une main s'est abattue sur mon épaule. J'ai cru mourir.

— Et comment va la petite sœur ?

Le professeur Leblond me souriait derrière ses lunettes. Le Dr Miller l'accompagnait. Bien sûr, Claudio les avait invités : ses sauveurs.

— Ça va, ai-je bredouillé.

Tous deux étaient très élégants : blazer marine, cravate grenat : un uniforme ? Je ne les avais jamais vus que dans celui de l'hôpital : la blouse blanche. Ils m'ont paru moins beaux ainsi. Moins eux.

— Quand je pense qu'il m'aura fallu venir jusqu'à Paris pour vous retrouver, a remarqué Miller avec son rire communicatif.

Leblond a désigné l'affiche en m'adressant un sourire complice.

— Sans vous...

La fin de l'entracte a sonné : dans mon cœur aussi. Miller a pris mon bras. Encadrée par les deux hommes, j'ai été entraînée malgré moi à l'intérieur du théâtre. Malgré moi ? Eux étaient placés à l'orchestre.

— Nous reverrons-nous tout à l'heure ? a demandé Leblond.

J'ai répondu tout bas :

— Je ne crois pas.

— Alors il faut me promettre de venir me voir à mon cabinet, j'ai à vous parler.

Son regard insistait. Je n'ai rien promis. Les portes sur l'extérieur étaient déjà refermées. Je me suis jetée dans l'escalier.

Violetta va mourir.

Le jour se lève dans sa chambre à coucher, jour de carnaval à Paris. Tout est blanc : les meubles recouverts de housses, son lit, sa chemise de nuit, le mouchoir qu'elle porte à ses lèvres. Son visage.

Violetta attend Alfredo.

Celui-ci est en route pour la capitale. Son père lui a révélé la vérité : il est la cause de la rupture. Violetta n'a jamais aimé que lui. Elle s'est sacrifiée pour ce qu'elle croyait son bonheur. Elle n'en a plus que pour quelques heures.

Alfredo arrivera-t-il à temps ?

Le revoir une fois, une seule, avant de mourir, est

tout ce que demande Violetta. Mais quel spectacle va-t-elle lui offrir ?

Dans le miroir, elle regarde son visage détruit par la maladie.

Tout espoir est mort.
Adieu, beaux rêves.

La voix est déchirante, la musique vous broie le cœur. Des applaudissements nourris saluent la fin de son solo. Je m'y joins.

À présent, dans la rue chantent les chœurs de carnaval. Violetta quitte son lit, se traîne jusqu'à la fenêtre.

Mais voici sa servante, la fidèle Annina, porteuse de la bonne nouvelle : Alfredo vient d'arriver.

Tel un éclair, telle la foudre, il jaillit dans la chambre, fond sur la malade, l'entoure de ses bras.

Ô Violetta, mon aimée.

Le cri a pétrifié la salle, sauvage, charnel. Le visage de Claudio explose de douleur vraie.

Il la mène au lit, prend place derrière elle, l'enveloppe de ses bras, appelle, implore l'espoir.

Ta santé refleurira.
Tu seras la lumière de ma vie.
L'avenir nous sourira.

Il chante, le regard au loin. Hélène lui répond, les yeux fermés.

Je cherchais la nouvelle couleur de sa voix, c'est

celle d'un diamant noir tiré brûlant de sa poitrine, celle de la souffrance brute. C'est lui, moi, toi, nous, tous frères dans notre refus de voir mourir l'amour.

Dans la salle passe une houle d'émotion. On entend des reniflements, des toux réprimées. À la fin du duo, les quelques velléités d'applaudissements sont arrêtées net par des « chut », comme si nul ne voulait quitter le sommet où la musique, ces voix nous ont emportés.

Mourir si jeune,
après avoir tant souffert,
mourir si près de l'aube.

Est-ce cela, la beauté ? Un instant de vérité parfaite et universelle devant lequel on ne peut que se taire ?

Ma vie, mon souffle,
bien-aimée de mon cœur,
je n'ai jamais eu si besoin de toi.

Sur les joues d'Alfredo coulent les larmes.

« Il ne chantera que pour vous », a dit David.

Les derniers instants de Violetta sont venus. Le docteur est présent ainsi que le père d'Alfredo accouru demander pardon aux amants.

Et voici que l'approche de la mort offre à Violetta un apaisement à ses souffrances. Elle se lève.

Sous les yeux des trois hommes en noir, paralysés, aussi blanche qu'une colombe, elle fait quelques pas dans la chambre et l'on dirait que l'âme porte le corps.

Ah, je reviens à la vie.

Puis elle tombe en prononçant sa dernière parole.

Ô joie.

C'est fini.
Alfredo est debout. Face à la salle, il crie :
— Violetta !
Et je sais que c'est moi qu'il appelle.

Laura n'avait pas entendu son appel : elle n'était
pas venue. La place à côté du père de Claudio était
restée vide.

Pourtant, le billet avait bien été retiré au guichet la
veille, mais le mot qui l'accompagnait, dans une enveloppe portant son nom, ne lui avait pas été remis.

Lorsque Claudio l'avait appris, en début d'après-
midi, il avait fait un scandale. L'employée ne savait
où se mettre.

— Mais aucune jeune femme, aucune Laura Vincent ne s'est présentée, s'était-elle défendue.

Si David n'avait été présent, le chanteur l'aurait
volontiers étranglée.

— Elle viendra, avait affirmé celui-ci à Claudio,
sinon, pourquoi aurait-elle retiré le billet ?

Avant le début du spectacle, le cœur battant, il avait
regardé la salle par l'entrebâillement du rideau, mais
elle n'était toujours pas dans la loge de corbeille, sur
la banquette à deux places où l'attendait Jean Roman.

Claudio avait averti son père de sa présence : une façon de se rassurer lui-même en forçant le destin ?

Il avait espéré jusqu'au bout.

Si, comme le prétendait David, Laura redoutait qu'il ne soit déçu en la voyant, sans doute n'arriverait-elle qu'au dernier moment.

Durant le premier acte, il avait réussi à contenir sa détresse. De la scène éclairée, on devine à peine le public mais chaque phrase d'amour lui était destinée. Et lorsque, au deuxième acte, lors de la fête chez Flora, la colère emporte Alfredo contre celle qui, croit-il, l'a trahi, c'était encore à Laura qu'il s'adressait.

Et aussi à lui-même, cet imbécile, qui n'avait pas su comprendre à temps qu'elle l'aimait.

À l'entracte, il avait envoyé David aux nouvelles. Désolé, Jean Roman avait dû reconnaître qu'il ne l'avait pas vue.

Elle ne viendrait plus. Claudio l'avait perdue.

Il est de règle qu'aucune douleur ne doive arrêter un spectacle. Cette douleur, durant le dernier acte, Claudio n'avait pas pu la contenir. C'était Laura qu'il serrait éperdument dans ses bras, Laura à qui il interdisait de mourir, de partir, Laura, son moineau pour toujours envolé. Et les larmes avaient coulé malgré lui.

Hélène s'était-elle aperçue de quelque chose ? Bien évidemment ! Cela ne l'avait pas empêchée de chanter comme jamais, le plus souvent les yeux fermés comme si elle refusait de le voir s'adresser à une autre.

Elle avait décidé que cette première serait son triomphe. Il l'avait été.

Leur triomphe.

Le public, debout, les avait ovationnés durant

d'interminables minutes tandis que, la lumière revenue, il se sentait mourir en regardant la place vide à
côté de son père.

Hélène était partie très vite, couverte de fleurs de
camélia, sans venir le saluer dans sa loge.

Un souper avait été prévu, tout près du théâtre, réu-
nissant le père de Claudio et les deux professeurs,
Leblond et Miller. Miller, venu spécialement de New
York pour applaudir son célèbre patient.

Les trois hommes l'attendaient au restaurant. Lorsque, accompagné de David, il y fit son entrée, ils se
levèrent. Les clients aussi, qui applaudirent.

Il marqua un temps d'arrêt.

Dans ce même restaurant, quelques semaines auparavant, il avait avoué à son père qu'il aimait. Parmi
ces vagues de toits semblables, il avait cherché celui
de Laura sans savoir qu'elle n'était plus là. Et ce
n'était pas un hasard si, ce soir, il avait souhaité que
la fête se prolonge ici. Comme un fou qu'il était, Claudio s'était imaginé que Laura y assisterait. Il n'aurait
même pas besoin de la présenter, tous la connaîtraient.

Il serra des mains et prit place.

Le champagne était déjà dans les coupes. Miller
leva la sienne.

— À notre glorieux et illustre ami !

Machinalement, Claudio but une gorgée. Leblond
le regardait d'un air soucieux.

— Et maintenant, je dois vous avouer quelque
chose, reprit Miller. Ce soir, je suis tombé raide amoureux. Est-ce ainsi que l'on dit ? « Raide amoureux » ?

— Et qui est l'élue ? demanda Jean Roman avec
un sourire crispé.

— Violetta, bien sûr. Hélène Régnier... Cette beauté, cette voix. Qui ne rêverait de la sauver ?

Il avait parlé fort et, aux tables voisines, il y eut des rires étouffés. La douleur poigna Claudio. Nul n'avait entendu son appel à l'absente. Sa voix avait échoué à exprimer sa propre souffrance. On n'y avait vu que du jeu, que du feu.

— Qu'en pense Alfredo ? demanda Miller en se tournant vers lui.

Et soudain ce fut trop, trop de solitude et de nuit. Il se leva.

— Pardonnez-moi, dit-il. Je dois rentrer.

David était déjà debout, les autres le regardaient, incrédules. Jean Roman se leva à son tour.

— Je viens avec toi !

— Je te remercie, ça ira.

Il parvint à sourire en serrant la main des médecins :

— Demain, si vous êtes encore là...

Il marcha vers la sortie, accompagné par le regard des convives, suivi par David.

— Mon Claudio, supplia celui-ci.

Parvenu à l'ascenseur, le chanteur s'arrêta.

— Reste avec eux, ordonna-t-il. Je t'emprunte Jean-Pierre. Et, devant l'air paniqué de son agent, il ajouta : N'aie pas peur, je survivrai.

Les portes de la cabine se refermèrent sur lui.

David regagna la table à pas lents.

— Suis-je pour quelque chose dans ce départ ? demanda Miller, inquiet.

— Ne vous en faites pas, un simple coup de fatigue, le rassura l'agent avec effort.

Le professeur Leblond fronçait les sourcils.

— Durant l'entracte, nous avons vu cette jeune fille, Laura, apprit-il à David May. Nous avons échangé quelques mots avec elle mais, à la sortie, elle avait disparu. Savez-vous où on peut la trouver ? Il faut absolument que je lui parle.

— Vous l'avez vue ? Elle est venue ? cria David.

Et il se détourna pour cacher ses larmes.

46.

— Bonne nuit, Monsieur, dit Jean-Pierre.

Claudio attendit que la voiture ait disparu puis il poussa la grille et traversa le jardin éclairé par les projecteurs. En passant, il eut un regard vers le sapin à la maisonnette. Dans ses rêves éveillés d'adolescent, s'identifiant à Alfredo, il sauvait Violetta. Eh bien, voilà, éveillé ou non, un rêve est un rêve et Laura s'était envolée pour toujours.

Son portable sonna. Durant le trajet, il l'avait mis sur répondeur. Il ne voulait parler à personne, ni à d'éventuels admirateurs, ni à sa mère qui, souffrante, avait renoncé à venir – souffrante ? Ni même au fidèle David qui ne manquerait pas de s'assurer qu'il était bien rentré.

Il monta lentement les marches du perron. Survivre... Comment y parviendrait-il sans elle ? Il referma sur lui la porte de la maison.

Soudain, tout son corps se mit à trembler et il dut s'appuyer au mur pour ne pas tomber.

« Elle ».

L'odeur émanait du salon. Sa tête se mit à bourdonner. Rêvait-il à nouveau ? Il ferma les yeux, prit une longue inspiration et, le cœur supplicié par l'espoir, pénétra dans la pièce obscure, les mains devant lui.

L'odeur s'intensifia.

— Laura ? appela-t-il.

— Je suis là, dit-elle.

Il avançait vers moi, les yeux fermés, comme s'il n'avait pas retrouvé la vue, comme si nous n'avions jamais été séparés.

Je suis venue et j'ai placé mon épaule sous sa main. Il l'a prise dans sa serre.

— Laura ?

Sans me lâcher, sans ouvrir les yeux, il a levé lentement son autre main vers mes cheveux, il les a caressés, il en a pris la mesure.

— Mi-longs, châtains..., a-t-il murmuré.

Sa main est descendue et elle a effleuré mon nez, mes lèvres, elle s'est arrêtée sur mes paupières fermées.

— Verts ? a-t-il demandé avec un sanglot.

Puis il a ouvert les bras, il m'y a emprisonnée, j'ai retrouvé la chaleur perdue, je me suis retrouvée. Ni dans un opéra ni dans les paroles d'un lied : la petite, ici, avec son géant.

Et, en même temps qu'un déchirant bonheur m'emplissait, j'éprouvais l'envie de rire, rire comme on pleure, comme on appelle au secours, comme on accepte le terrifiant pari de la vie.

C'est que dans Verdi, Mozart, Schubert et les autres, tout était tellement plus facile ! L'un des amants disparaissait, l'autre pouvait tranquillement le pleurer, lui tresser des couronnes de fleurs, l'aimer à tout jamais. Alors que pour nous, pour toi et moi mon amour, l'histoire ne fait que commencer, au risque de voir se faner les camélias et se tarir les larmes.

« Laura, Laura », il ne cessait de répéter mon nom. Je faisais de même avec le sien. Je ne sais pas s'il entendait : ma bouche était à hauteur de son cœur.

Elle était bien là ! Elle était revenue et le bonheur l'incendiait corps et âme et il la serrait de toutes ses forces de crainte qu'elle ne lui échappe à nouveau. Il serait bien resté ainsi toute sa vie.

C'est elle qui s'est écartée la première. Elle s'est dégagée de ses bras, elle s'est éloignée, il a eu peur, il a ouvert les yeux. C'est alors qu'elle a allumé, et pas une simple lampe, le grand lustre qui les a plongés dans la lumière.

Puis elle est restée là, dressée au centre du salon, au creux de sa vie, au cœur de son cœur, le défiant d'un air farouche, l'air d'un oiseau visé par le chasseur, trop fatigué pour reprendre son vol, résigné à mourir.

C'était bien elle.

Une crâne et fière petite bonne femme sans fard, sans bijoux, sans apprêt, une petite bonne femme châtain miel avec un regard brûlant, tout à la fois douloureux et joyeux, inquiet et tendre, un regard de toutes les couleurs de l'arc-en-ciel lorsque les larmes en ont jailli.

La belle des belles. Celle qu'il aimait.

Alors, le prince a ouvert ses bras à la princesse enfin retrouvée. Il l'a soulevée de terre – l'avantage d'être un petit format – et il l'a montée dans son royaume.

Aux marches du palais,
aux marches du palais,
y a une tant belle fille...

Il l'a déposée au mitan du lit, il lui a retiré son boléro de velours, sa jupe de gala, son corsage de soie et le reste. En prenant son temps pour tout bien découvrir, savourer, sans rien laisser passer, sans rien lui épargner, et, tant qu'il la regarderait ainsi, elle serait belle.

Après s'être lui-même dévêtu, il l'a embrassée, caressée, goûtée, investie, emplie, débordée. La rivière a coulé, où les chevaux du roi auraient pu boire ensemble.

Et nous serons heureux,
et nous serons heureux,
jusqu'à la fin du monde...

Ainsi se terminait le refrain sur lequel, dans notre enfance, il nous arrivait de rêver, Agathe et moi, en dansant comme des reines.

Pour « la fin du monde », on verrait bien.

Ils auraient vécu une belle et émouvante histoire pleine de chansons. Une histoire d'ivresse et de déraison, de tempêtes et de vents doux, avec le sentiment d'être les premiers à la vivre.

Une histoire d'amour, tout simplement.

"Le choix de Margaux"

Une femme en blanc
Janine Boissard

Refusant de se plier aux règles et aux tabous qui ont dicté son enfance, Margaux s'est fait la promesse qu'elle mènerait sa vie comme elle l'entendrait. Bravant l'autorité paternelle, elle devient chirurgien et plonge alors dans un monde profondément misogyne dont seule son inébranlable passion pourra triompher. Mais la bataille n'est pas terminée, si elle veut sauver ceux qu'elle aime et conquérir l'unique homme qui peut donner un véritable sens à sa vie...

(Pocket n°10203)

Il y a toujours un Pocket à découvrir

"D'amour et de pêche"

Marie-Tempête
Janine Boissard

À la mort de Pierre, Marie Delaunay voit sa vie basculer. Son mari était pêcheur, et elle se trouve désormais sans ressource pour élever ses enfants. En mémoire de Pierre, Marie décide de prendre sa relève. À force de courage et de persévérance, elle finit par emporter l'adhésion des habitants du petit port breton qui voyaient d'un mauvais œil l'intrusion d'un femme dans le milieu dangereux et fermé des marins. Mais alors qu'elle pensait enfin pouvoir reprendre goût à la vie, le destin vient la frapper une seconde fois...

(Pocket n°10659)

Il y a toujours un Pocket à découvrir

"Le nouveau combat de Margaux"

La maison des enfants
Janine Boissard

Margaux pensait avoir jeté aux oubliettes sa blouse blanche, quand elle est chargée d'une enquête sur la Maison des enfants, une association qui s'occupe d'enfants à problèmes. Dès sa première visite, Margaux est envoûtée. L'équipe fait preuve d'une solidarité qui fait chaud au cœur et elle ne peut résister au charme de ces enfants. Sa vocation de médecin reprend le dessus... Mais la Maison est menacée de fermeture ; il va falloir se battre.

(Pocket n°11170)

Il y a toujours un Pocket à découvrir

IMPRIMERIE BUSSIÈRE À SAINT-AMAND (IV-2004).
DÉPÔT LÉGAL : MAI 2004. N° 42106.